Christoph Brüggentisch

Berlintrip

Eine etwas andere
kriminalistische Erzählung

ISENSEE VERLAG
OLDENBURG

Christoph Brüggentisch wurde 1962 in Köln geboren. Nach dem Studium der Philosophie, Politikwissenschaft und Soziologie war er viele Jahre in der Wirtschaftsprüfung tätig. Er ist Mitverfasser einiger Kommentare zum Bilanz- und Aufsichtsrecht und Autor einer Reihe von Fachartikeln. Seit 2016 schreibt er Romane und Erzählungen.

Für meine Muse.
In guten wie in schlechten Zeiten

Lektorat: Fenia Rienecker
Titelbild: Pixabay (jplenio)

Bibliographische Information Der Deutschen Bibliothek

Die Deutsche Nationalbibliothek verzeichnet diese Publikation in der Deutschen Nationalbibliographie; detaillierte bibliographische Daten sind im Internet über http://dnb.d-nb.de abrufbar.

ISBN 978-3-7308-2204-3

Gedruckt bei Isensee in Oldenburg

1

Ich bin ein hoffnungsfroh humorloser, karnevalallergischer Kölner auf dem Zugweg nach Berlin. Wir sind gerade vom Kölner Hauptbahnhof in einem sitzunbequemen ICE der deutschen Bahn gestartet, und ich beschaue mir etwas wehleidig den vorbeiträumenden Dom während die Hohenzollernbrücke unter den anrollenden Wagons Stahl und Eisen schreit. Um mich von dem vertraut traurigen Anblick loszureißen, schlage ich meinen gefledderten Arno Schmidt auf, nur um zu lesen: „Das bigotte Rheinland: selbst der Wind hat es eiliger, wenn er durch Köln kommt.“[1]
Ich nehme es ihm nicht allzu übel, auch er ist zu früh gegangen, um sein Unwissen über meine Heimatstadt ausgleichend zu korrigieren. Die meisten lesenden Deutschen verstehen ihn gestern, heute und morgen eh nicht. Sein Urteil über Köln bleibt somit weitestgehend im Verborgenen.
Warum nehme ich die vierstündige, torturartige Zeitfresserei überhaupt auf mich? Nur selten verlasse ich mein Studier- und Arbeitszimmer meiner weitläufigen Wohnung in der Kölner Südstadt, um dem Lebenserhalt zuliebe notwendige Dinge käuflich in Besitz zu nehmen. Ich bin fünfzig Jahre alt

---

[1] Arno Schmidt: Das erzählerische Werk in 8 Bänden, Band 2, Seelandschaft mit Pocahontas, Zürich 1985, Seite 70

und ein philosophisches Dasein kann ich seit mehr als zwei Dekaden selbstbewusst mein Eigen nennen. Ordentlich gelernt und per Magister abgeschlossen auf der Westfälischen Wilhelms Universität zu Münster. Gleichwohl dort in dieser kirchenbewehrten Stadt aber liegt der ursprüngliche Grund meiner jetzigen Reise. Ein Freund aus der versmogten Vergangenheit meinte mich an meinem Schreibtisch aufzuschrecken mit einem Erinnerungsbrief an sich, obgleich er an mich adressiert war. Ich solle kommen, in die einzige landesübliche Weltstadt, die Hauptstadt, die dem rheinischen Bonn die kanzlerische Würde entriss. Ich war entzweit angesichts vielerlei Emotionen, die ich für überwunden hielt. Was tun, Du Tschernyschewski? Mich fröstelte gewissensschlecht angesichts der Schweigemauer zwischen meinem Damals-Freund und mir seit den abgeschlossenen Studien. Er lernte irgendetwas unwissenschaftlich – nur die Philosophie ist Mutter, Großmutter, Urgroßmutter und so weiter fort aller Wissenschaften – Technisches, aber ich mochte damals seinen überaus pragmatischen Geist bei der Reparatur meiner Klospülung. Denn ich bin ergeben unpraktisch veranlagt und solchen Weltherausforderungen keinesfalls gewachsen. Da passte es gut, dass ein Alltagsmensch gleich neben mir einzog und wir zuweilen ins Gespräch kamen. Ich verstand ihn eher selten, aber zumindest war er Rauchwaren aufgeschlossen und

paffte mit mir sinnierend Pfeife. Das Gesagte war dabei beiläufig bis unnötig, aber es wurde immerhin geäußert. Dieser Umstand war bis dato für mich ein Nicht-Ereignis gewesen, da ich kontaktscheu genannt werden kann. Nun aber schlich sich eine Beziehungsart in mein Dasein und ich will sie mal Freundschaft nennen. Die einzige übrigens, die ich solcherart kennengelernt habe.
Aber nach den klausurbelegten Tagen der Examina trieben uns die Wellen der, das Sein bestimmenden, Notwendigkeiten auseinander. Ich ging nach Köln, um das, nicht unbeträchtliche Erbe meiner unternehmerischen Eltern schreibend auf Blatt Papier zu bringen. Er suchte anderes in Ermangelung einer Existenz sichernden Erbschaft. Ich glaube, seine Eltern lebten damals noch. Seitdem war er vergessen, ein Tropfen im Ozean ohne erkennbare Kontur.

Dann schreibt er. Woher hat er meine Adresse? Ich vermeide die digitalen Spuren im World Wide Web (www.), indem ich analog bleibe, mit Schreibmaschine (immerhin elektrisch), schwarzem Telefon mit Wählscheibe (ich bin erreichbar, werde aber nicht erreicht), Melitta-Kaffeefilter (ohne Crema oder Macchiato) und einem Röhrenfernseher (meistens aus und wenn, schwarzweiß sendend). Einem Telefoneintrag habe ich mich bisher auch erfolgreich widersetzen können. Ich bezeichne mich nicht als modernen Diogenes, ich las den Brief dennoch mit erstaunlicher Überraschung. Er enthält folgende Wortsetzungen:

Lieber fast vergessener Freund,
nach langer und anstrengender Reise durch das Universum zahlreicher Erfahrungen hat mich mein Schicksal in die „Stadt der Engel" verschlagen. Nicht, wie Du vielleicht denken magst, nach Los Angeles, sondern in das von Wim Wenders beschriebene Berlin. Allerdings fehlt die Mauer, was jedoch ein großer Gewinn für die Stadt und die Menschen ist. Ich wohne in der Nähe der Friedrichstrasse und fühle mich fast schon wie ein Berliner, vor allem, weil ich ein bisschen dem großstädtischen Konsumrausch für Kino, Theater, Ausstellungen, gutem Essen und hippen Klamotten verfallen bin.

Aber nun zu meinem Anliegen, dass ich mit diesem Brief Dir, meinem alten Freund, übermitteln möchte. Soweit ich zurückdenken kann, bist Du mein einziger Freund, der sich jemals mit dem Denken und seinen Konsequenzen beschäftigt hat. Du warst zwar häufig miesepetrig, nicht gerade einfühlsam und überhaupt meist ein mieser Freund, aber dafür auf der Suche nach Erkenntnissen außerhalb unserer alltäglichen Vorstellungskraft. Und das konnte ich akzeptieren und schätzen. Deshalb möchte ich

Dir, auch weil ich glaube, dass Du Deine reine Wahrheit vermutlich bisher nicht gefunden hast, ein Geschenk machen. Bedingung ist allerdings, dass Du mich in Berlin besuchst. Du willst nicht? Ich sage Dir aber, es wird sich für Dich lohnen. Tu es für mich und Dich, und Du wirst sehen, dass das Universum Dinge bereithält, gegen die ein schwarzes Loch ein Furz Gottes ist. Mach Dich also auf den Weg, alter Knabe und Du wirst merken, dass auch Du noch etwas dazulernen kannst.

Bis dahin mach's gut!

Dein Mephisto ☺

P.S. Solltest Du Dich aus Deinem geliebten Köln herauswagen, hinterlasse bei Deiner Ankunft in Berlin eine entsprechende Nachricht an der Kasse der ‚Neuen Nationalgalerie'. Da ich nicht weiß, wann Du Dich überwinden kannst zu kommen, Du bestimmt immer noch kein Handy besitzt und ich befürchte, bald umziehen zu müssen, können wir so in Kontakt treten. Ich werde, versprochen, regelmäßig dort nachfragen. Schau Dir bei der Gelegenheit gleich mal die Richter-Ausstellung an, es lohnt sich.

Der Brief kommt mir fehlerhaft unhöflich vor, von Rätselhaftigkeit durchzogen und schlecht geschrie-

ben. Er enthält keinerlei Grund für eine lange, angestrengte Reise in ungewisse Gefilde. Berlin, das sind die ungeliebten Preußen, die das Rheinland einst durchfluteten. Unglaublicher Weise bin ich mit mir aber im Uneinen. Soll ich oder soll ich nicht? Werde ich zum Koffer packenden Flüchtling aus meiner angestammten Welt? Was zieht an mir unablässig reißend?
Wahrscheinlich ist es das Unikum des einstigen Zusammenhaltens in meinem Sein. Dem muss man Rechnung tragen, irgendwann! Also stopfe ich die antik gewordene Reisetasche und stürze mich in Potocki´sche Abenteuer mit beängstigt ungewissem Ausgang. Ich fahre zu Jack.

2

Die landschaftliche Ödnis, Natur genannt, aber auch infrastrukturgeschädigte Dörfer ziehen an meinem Ausguck für Schnellgucker vorbei. Arno liegt inzwischen zugeklappt auf einem aufgeklappten, klapprigen Klapptisch, der sich in epileptischen Anfällen windet, als sich ein neuer Fahrgast in den Sitz vor mir kartoffelsackartig plumpsen lässt. Komfort für den postmodernen, anspruchsgeminderten Menschen. Mir schaudert arktisgerecht, um dann in jugendliche Erinnerungen zurückzufallen: Überflutetes Badezimmer dank funktionsgestörter Klospülung und Jack, der an meine Zimmertür hämmert. Als ich öffne, übersieht er gleich auch das ganze Malheur und mit wenigen sachkundigen Handgriffen ist der Wasserschwall gestoppt, der inzwischen nicht nur meinen Badezimmerboden mehr als zu benetzen droht.

Er sei der neue Nachbar, erklärt er sozialverträglich und wolle sich eigentlich nur kurz vorstellen. Es freue ihn, dass er mir bei dieser Gelegenheit gleich freundschaftlich behilflich sein könne. Angesichts dieses Faktums sehe ich mich gezwungen, ihn auf einen Kaffee einzuladen, was er gegen meinen geheimen Willen dankend annimmt. Ohne mein weiteres Zutun lenkt er das monologische Gespräch in der Folge auf die Kommilitoninnen seines Fachbe-

reichs, die er als anbetungswürdig deklariert. Die Namen habe ich vergessen. Aber Jacks Vorliebe für blonde Vollgöttinnen ist haftend mir im Gedächtnis geblieben. Ich bekunde indifferentes Interesse und beobachte verdeckt Uhrzeiger. Nach einer halben Stunde versuche ich es mit einem gebildeten Einwurf. Ich vermelde, Jack unnett unterbrechend: „Ich liebe Männer, die eine Zukunft, und Frauen, die eine Vergangenheit haben".
Er stutzt und entgegnet staunend: „Bist Du etwa schwul? Nicht dass es mir etwas ausmachen würde, aber ich sollte dann unbedingt das Thema wechseln".
Ich irre kurz durch meine Gedanken, um dann darauf hinzuweisen, dass es sich um ein Zitat von Oscar Wilde[2] handelt, das ich nur Bildungs-bildend in unser Gespräch einbringen wolle. Er lacht herzverzerrend und rempelt mir kumpelhaft gegen die Schulter. „Das ist der Beginn einer wunderbaren Freundschaft", jubiliert er und so war es, unerwartet, auch.

Ich möchte nicht ungenau behaupten, dass wir neun Semester lang fast unzertrennlich waren, gleichwohl sahen wir uns in monatlich variierenden Abständen, um gemeinschaftliche Aktivitäten zu üben. Er schleppte mich ins Kino und ich rächte mich mit

---

[2] Oscar Wilde: Das Bildnis des Dorian Gray, München 1981, Seite 189

Einladungen ins Stadtmuseum. Er brachte mir BAföG-gesponsertes, selbst fabriziertes Essen nahe und ich lud ihn auf Erbschaftskosten in bessere Etablissements ein. Mit anderen Worten, wir beide betrachteten uns gegenseitig als Projekt und das Ganze als bessere Versuchsanordnung, um zu beweisen, dass Gegensätze, Materie und Antimaterie gleichberechtigt, ohne sich zu zerstören oder sich aufzuheben in der Realität existieren können. Aber vielleicht schätzte Jack auch nur mein Bankkonto. So genau vermag ich das heute nicht mehr zu sagen. Was ich lernte mit Bedacht war, dass Freundschaft möglich schien, auch für einen wie mich, der als abgedrehte Nudel die Universitätsrunde machte. Oder wie Jack sich, prosaisch wie immer, ausdrückte: „Freundschaft ist wie ein gutes Millefeuilles, die unterschiedlichsten Schichten kleben fest aufeinander“. Als so klebrig habe ich unsere männlich-kernige Beziehung kaum empfunden, aber ein gewisser Magnetismus schien zu wirken.

Jack versuchte gar diverse Unternehmungen, mir das weibliche Geschlecht ans Herz zu legen. Daraus entwickelte sich beinahe eine groteske Farbenlehre a la Goethe. Aber weder blonde, brünette, rote oder schwarze Gottheiten waren imstande, meine Farbenblindheit in Liebesdingen zu heilen. Ich war laut Jack der unheilbarste Fall von arrogant peinlicher Mannesdarstellung, die er je zu Gesicht

bekommen hatte. Auf dem Gebiet sei ich mit Abstand der Beste.
Faszinierend war Jacks unerbittlicher Hang zum Gourmet-Dasein. Ich vermeine dabei nicht das vernaschende Verhalten gegenüber den Mädchen, die ihn zu kennen glaubten. Sondern sein unerschütterliches Vermögen, auch Fast Food Fritten wie Foie gras bestaunend zu verzehren. Sein Magen wie seine Leber waren die Katalysatoren für den genießenden Allesesser mit Hang zu sodbrennenden Nächten.
Ich dagegen halte es mehr mit Solons: „Nichts zu sehr“[3]. Aber als Studienobjekt war Jack ein herausragendes Exemplar.

Der ICE rüttelt weiter an meinen angegrauten Nerven und zu allem Unwohl setzt sich ein weibliches Untergeschoss (Jacks blasphemisch ironische Steigerung des Begriffs Geschoss für ein gutaussehendes Weibsbild. Komisch, dass mir das gerade jetzt ins Gedächtnis einfließt) neben mich und meinen reservierten Platz. Wohl modisch zu nennende Kurzhaarfrisur, dunkelbraune Augen, ebenfalls eng zu nennende, ausgewaschene Jeans und dunkelschwarzes T-Shirt mit schwarzen Pumps. Sie schaut mir irritierend direkt in die Augen, bevor mir bewusst wird, dass ich sie meinerseits und si-

[3] Solon, des Exakestides Sohn aus Athen in: Die Vorsokratiker, Stuttgart 1968, Seite 65

cher als Erster erschreckend ungeniert musterte, obgleich, nun huscht ein latentes Lächeln über ihre ebenmäßigen Gesichtszüge. Sie beginnt gleich darauf die Stirn zu kräuseln, die Lippen machen unverhohlen Anstalten etwas zu sagen, und bevor ich mich versehe, beginnt der weibliche Versuch einer gepflegten Konversation mit der lapidarsten Frage der Welt: „Darf ich fragen wohin Sie fahren?"
Mit einer verschüchterten Berlinentgegnung bleib ich großstädtisch ungenau, sogleich mit der unmittelbaren Hoffnung auf ihren sofortigen dialogischen Rückzug.
Falsch gedacht! Sie sagt vorhersehbar: „Was für ein Zufall, ich reise auch nach Berlin."
Und in kürzest denkbarer Zeit führt sie mich, den Teilzeitblinden, in die Illumination ihres Weltabschnittes. Verarmte griechische Vorfahren mit äonischen Verästelungen in alle Welt. Euterpe, ihr daher typischer Vorname. Und sie flötet noch weitere Töne: Goldschmiedin mit Passion und behaupteter Ausdauer. Gerade die vierte Dekade an Lebenszeit erreicht und merkwürdig ungebunden. Eine berlinische Verkaufsaustellung ihrer produzierten Anhängsel und Augenverdreher soll mit der persönlichen Gegenwart aufgewertet werden. Sie erhofft sich einige gutgemeint ehrliche Kritiken und weiteren Lebensunterhalt. Die Selbständigkeit sei kein Zuckerschlecken und nichts für Sicherheitscontroller, mehr etwas für frei Denkende und

Casino-James-Bonds. Ich nicke – gelangweilt – verstehend und imitiere Empathie.
Gelingt mir! Euterpe redet selbst interpretierend, ohne Atem-Intermezzo in wortschwallartigen Gebirgen weiter. Ich schweige weiter. Ihre Fußknöchel sind aber auch, da gibt es meinerseits wirklich nichts zu sagen, entzückend.

Ihr dreißigster Lebensjahrabschnitt ist erzählend fast erreicht - Einrichtung einer winzigen Geschäfts-Schmiede in der Altstadt von Köln, Beziehungsanbahnungen und gleich darauf ernüchternde -verbannungen, dafür guter Kontakt zu Gevatter Rhein und dessen Aussicht - da stoppt auf freier Strecke, gänzlich unmotiviert, unser Transportvehikel.
„Oh, warum halten wir?“, fragt sie mehr die Umgebungsatmosphäre als mich oder sich selbst.
Ich gebe mich korrekt unwissend und schaue auf plattes Land ohne Personenbezug.
Eine der Unendlichkeit entnommenen Ewigkeit, fünfzehn Minuten, später gewährt uns der Zugschaffner Einblick in sein Geheimwissen. Ich muss danach verdattert attestieren, dass auch die modernste Technik einen Triebwagenausfall nicht gänzlich unmöglich macht.
Bei Euterpe hört sich das so an: „Fuck!“
Ich sehe dies als eine weitere menschliche Möglichkeit an, spontanen Emotionen einen gewissen,

freien Lauf zu lassen. Bin aber selbst nicht soweit, gleichfalls soweit zu gehen.

Das ändert sich eine vergangene Teilstunde später quasi schlagartig. Erschaudern erfasst meine kaum behaarte Brust in tiefsten Gefilden, als der Schaffner, gleich einem aus der Admiralität, befiehlt, unseren Wagon zur Weiterbeförderung mittels bereitgestellter Busse zu verlassen. In diesem Augenblick wird mir die Wärme und Behaglichkeit meiner, bis jetzt genutzten Reservierung unwohl bewusst, entgegen meines spöttischen Gedankenguts seit Reisebeginn. Deutliche Anzeichen meines panikartigen Zustands sind aalzittriger Magenbeutel, erstickungsanfällige Lunge und hochleistungssportlich glänzende Stirn.
Euterpe grinst verschwörerisch und meint mutterähnlich: „Das wird lustig."
Ich bin gewissenhaft anderer Meinung, ergebe mich aber in mein odysseushaftes Schicksal.

Es geht gen Hannover, der meines Wissens rückversicherten Metropole am deutschen Wahrnehmungsrand. Euterpe bequemt sich neben mir und scheint bevorzugt zu dösen, während sehr ebenes Deutschland an uns vorüberzieht. Auch Lesen fällt dem Geruckel der altersschwachen Busstoßdämpfer zum Opfer. So gewinne ich Zeit, meinen Vater in die Erinnerung zurückzuholen.

Lange nicht an Dich gedacht, sage ich zu ihm und mir selbst. Er war stets und durchaus der Ansicht, entgegen der beherrschenden Meinung meiner Mutter, dass mit mir alles stimme. Die in aller Heftigkeit geführten Dispute meiner Erzeuger zu diesem, ausschließlich mich betreffenden, Thema waren Wände durchdringend.
Beide Auffassungen wurden aber spontan obsolet bei einem gemeinsamen und für beide Elternteile tödlichen Autounfall, der meine Pubertät schockte. Bis zu diesem Zeitpunkt hatte mein Vater eine sonderschulische Verbannung meinerseits verhindern können. Ich danke ihm noch heute für diese nibelungische Heldentat, die sich im Speziellen gegen die Absichten meiner Mutter richtete und damit auch, indirekt zwar, gegen seine eigenen, was das Führen einer guten Ehe anbelangte.
Ich kam zu der väterlichen Mutter, machte, von ihr aufs Beste behütet, ein gemitteltes Abitur und erhielt zu meinem Bedauern einen festen Studienplatz fern des Rheins.
Ich möchte nicht verschweigen, dass mich diese ersten zwei Dekaden meiner Existenz nicht unbeträchtlich geprägt haben. Ich lernte aus meiner, von einschlägigen Psychologen behaupteten, Schüchternheit herauszutreten und tatsächlich unschüchtern zu wirken, was Hollywood sicher goutiert und be-oskart hätte. Doch eine zu rühmende Schauspielkarriere lag mir schon damals fern. Obwohl

Jack das sicher filmreif gefunden und gefallen hätte.
Ich verstand alsbald, warum so etwas wie menschliche Kontakte zeitanteilig notwendig waren. Ein kariöser Zahn bohrt sich schließlich nicht von selbst. Und Lehrer, als auch Professoren können, zugegeben in Grenzen nur, Wissenshilfen vermitteln, auf die ich selbst, ich muss es gestehen, nicht schnellsten verfallen wäre. Diese Damen und Herren sind am Anfang der eigenen, wie eigenwilligen Erkenntnis ein Teilchenbeschleuniger für träge Teenagergedanken, auch wenn dieselben schon in tiefes Gestein reichen. Aber auch Superbohrer, auf der Suche nach Ölfeldern oder zur erdverbundenen Tunnelung, bleiben in großen Tiefen schon einmal festhängend stehen. Dann brauchen sie einen extern unterstützenden Anstoß.

Euterpe erweckt sich selbst aus ihrem Halbschlaf und tönt nun unverdrossen weiter. Edelmetallschmiedekunst sei eine manchmal verkannte Kunst und kunstgerecht schlecht vergütet. Ich wende ein, dass es sich doch eher um eine, zugegeben herausfordernde, aber lediglich relativ simple handwerkliche Fähigkeit handelt und der Lohn der Qualität der Arbeit geschuldet sei.
Sie funkelt mich böswillig an, dass ein Flächenbrand entstehen könnte und behält sich das Recht des Widerspruchs vor. Wie zum Beispiel, dass

Männer und Schmuck ein dialektisches Paradoxon seien, gleichzeitig unlösbar. Ihr sei es ein Rätsel, wie wir Männer ohne diese Art des ästhetischen Empfindens in der Welt sein können.
Ich versuche erläuternd klarzustellen, dass es andere Methoden gibt, die Welt zu transzendieren, als Gold zu behauen.
Ihre Augen dolchen mir entgegen und ich zucke merklich in meinen Sitz zurück.
„Das hätte sie wissen müssen", sagt sie. Männer fehle es an merklichem Verstand und lebevollem Einfühlungsvermögen. Unsere Gedanken seien pasteurisiert durch Ignoranz.
Ich beabsichtige fast wild entschlossen zu widersprechen. Da wandelt sich ihr Halsabschneidergesicht in einen freundlichen Grundton mit Lachfalten. Sie sagt: „Habe ich nicht so gemeint."
Und ich wundere mich über die frauliche Fähigkeit der scheinhaften Einvernahme in schwierigen Disputsituationen.

In Hannover werden dann nochmals die Pferde gewechselt und es geht per Ersatz-ICE Richtung Osten. Euterpe sitzt nun am Ausguck und schaut schweigend Schlieren aus Wasser, die auf dem rasenden Wagonfenster haftend davonlaufen, nach. Es hat begonnen zu regnen. Ich nehme das staunend wahr und denke, Gedanken zur Schönheit wieder aufnehmend, an meine Studien zur Aisthe-

sis. Wie definieren wir Ästhetik? Wie korreliert Schnelligkeit der Bewegung – im Moment hetzen wir mit zweihundertzwanzig Kilometer in der Stunde den Schienenweg entlang – mit der Genauigkeit des Sehens? Wer rasant die Lebenswege kreuzt, ist außerstande, der stillen Inseln des Schönen gewahr zu werden. Ich wage zu behaupten: Je schneller, desto unschöner (die Wahrnehmung)! Auf den ver-pros-**art**-en Punkt gebracht, der unstet hechelnde Mensch ist hässlich.
In Euterpes Halskuhle glitzert ein funkelndes Etwas, was einer selbstredend, selbstgeschmiedeten, kleinen, güldenen Flöte entspricht. Jetzt da Euterpe unbewegt ruht, kann ich das kleine Kleinod genau identifizieren. Und ich glaube zu meinen: „Ist schon schön!“

Ich habe gedämmert angesichts der Eintönigkeit des dumpfen, schaukligen, bahntechnischen Dahingleitens.
Berlin naht unversehens, noch ein halbes Stündchen. Euterpe gähnt verstohlen auf die baldige Ankunft.
„Wird auch Zeit!“, gibt sie berechtigt von sich und ich ertappe mich ungelogen bei dem Gedanken, dass sich ihre Anmerkung hoffentlich nicht auf mich und meine Gesellschaft bezieht. Ich werde auf meine Tage noch eitel. Daher erforsche ich die Genugtuung, selbst ein Thema frank und frei in der

Luft zwischen uns zu platzieren: „Kennen Sie ein gutes Hotel in Berlin?“
Sie durchschaut mich seitwärts und erwidert unumwunden: „Ich hoffe Sie fragen das nur rein informativ. Denn sollten Sie noch kein Hotel gebucht haben, wird es jetzt eng. Sie wissen doch, die Filmfestspiele laufen gerade.“
Ich fühle Schamröte nahen, gebe mich aber cool blau und antworte bemerkenswert offen: „Entschuldigen Sie bitte. Natürlich habe ich durch meinen Verleger ein Zimmer in einem „Grand Hotel“ vorreservieren lassen. Mich interessiert nur Ihre Meinung, wo man noch so unterkommen kann, in einer solch großen Stadt.“
Sie zwinkert unschuldsbewusst und zählt nicht wenige Namen und Straßen aus ihrem Gedächtnis auf. Sie gedenkt sogleich auch, mir einen sogenannten Link zu einer Website für nächtliche Unterbringungen zuzusenden. Ich bin darauf gezwungen, auf meine analoge Veranlagung hinzuweisen, die den Gebrauch von Computern und tragbaren Telefonen mit aberwitzigen Nebendiensten ausschließt.
„Hätte ich mir ja denken können“, ist ihr einziger, lauterer Kommentar.
Warum mein Verleger sich an der Reservierung erfolgreich versuchte und nicht ich, fragt sie nicht. Das scheint mir ein unkomischer Zufall. Schließlich könnte Euterpe schlussfolgern, dass ich der Schriftstellerei nachgehe. Macht sie aber nicht.

Allzu persönliche Fragen klammert sie offenkundig aus unserer Konversation aus. Allgemeinplätze überwiegen. Das sollte mich allenfalls verwundern, gelten Frauen in der aufgeklärten Welt doch gemeinhin als neugierig veranlagt.

Berlin ist übrigens grandios geweißt von Schnee und Eis.
„Minus vierzehn Grad“, liest meine Reisebegleiterin von ihrem Klingeling-Dingsda ab. Zumindest dafür sind diese handlichen Sprachübermittler gut.
Der Hauptbahnhof überwächst beton- und glasverliebt eine riesige Fläche dieser noch riesigeren Stadt – Metropolen gerecht. Ich sehe Größenwahn! Denn das Ankommen benötigt schlussendlich weniger Platz und Raum als man gemeinhin denkt. Aber ich sage das zu niemandem.
Ob ich beim Gepäck helfend unter die Arme greifen könnte, fragt Euterpe.
Ich wuchte mit schlotternden Armen ungehörige Gewichte zu Boden. Manche Gerüchte bezüglich fraulichen Übereifers beim reisenden Verpacken scheinen der Wahrheit recht nahe zu kommen.
Zum Abschied drückt sie mir noch Visitenkartenähnliches in die Hand, um sozialverträglich offensichtlich ein Wiedersehen in nicht gänzlich ungewisse Aussicht zu stellen und fügt noch eine unverbindlich ausschauende Erklärung hinzu: „Das ist die Adresse einer sehr schönen Weinbar in Kreuz-

berg. Sollte Sie die Lust auf ein schönes Glas Wein übermannen, gucken Sie mal vorbei. Sie gehört meiner Schwester und ich werde wohl auch häufiger abends dort anzutreffen sein, solange ich in Berlin bin."
Ich bin unsicher, ob es sich bei dieser ausgesprochenen Ortsempfehlung um einen Akt mitleidender Höflichkeit handelt oder ich Zeuge und gleichzeitig Objekt eines eher unweiblich aggressiven Werbens werde. Ich nicke umstandshalber leicht und artikuliere ein akzentuiertes: „Danke."

3

Ein ‚Ich bin ein Berliner'-Taxifahrer fährt mich, mit starkem Dialekt ausgestattet, über angenommene Umwege zu meinem Hotel, Nähe Friedrichstrasse. Dies also ist der hauptstädtische Raum der lang zurückliegenden Wulff'schen Demission. Alles wirkt hier mindestens dreimal so groß und gewichtig wie im alten Colonia, selbst Rücktritte. Gleichzeitig herrscht eine Universitätsinflation vor, Bildung braucht man schließlich auch!

Im Hotel angekommen bin ich eine Unperson. Ich habe in meinem Leben versäumt, kreditkartenberechtigt zu werden, was meine bisherige Existenz anscheinend negiert. So in etwa hört sich der Vorwurf des Hotelmenschen an, bei dem ich neudeutsch einchecken möchte und der nichts anderes von mir erhaschen möchte, als eine entsprechende Plastikkarte des schuldnerischen Verschuldens. Um das Zimmer zu garantieren, wie er meint. Ich möchte aber nur in demselben für ein paar Nächte wohnen. Das garantiere ich, als vor ihm stehende, lebendige Person, die unverkennbar schon anwesend ist, verbal. Aber das Wort zählt weniger als umweltunverträglicher Kunststoff. Ich lass ihn meinen Verlag anrufen, der garantiert dann garantiert.

Im gläsernen Aufzug des Bettenetablissement vermeine ich nachträglich noch zu spüren, dass ich im falschen Raum-Zeit-Kontinuum existiere. Auf Erden bin ich ein Alien.

Im Zimmer selbst empfängt mich klimatisierte Kühle, unvermeidlich und unabstellbar. Die Fenster stammen sicher aus dem Knast, verriegelt und unmöglich zu öffnen. Ich fühle mich touristisch weggesperrt und ungeahnte Fluchtgedanken fallen mir anheim. Aber nun bin ich schon mal hier und überwinde mich selbst, damit ich den mitgereisten Koffer entleeren und die Schränke füllen kann. Aus denselben stinkt es mir teppichbodenartig entgegen; der Muff von tausend Jahren. Und so was will Großstadt sein. Meine letzten Erfahrungen mit Hotelaufenthalten stammen aus Triest, von vor fünf Jahren. Mein Verleger und ein Symposium über Italo Svevo überredeten mich zu dieser übereilt wirkenden Italienreise. Über die Unterkunft und das aushungernde Frühstück weigere ich mich zu sprechen, aber das Bett war gut.
Die Figuren in Svevos Romanen haben es mir, dem Philosophen, angetan. Das Lächerliche, verpackt im Bürgerlichen, lässt uns Leser erschauern, aber gleichfalls herzlich lachen. Im Rahmen der Veranstaltung hätte ich beinahe sogar angefangen Glimmstängel zu rauchen, nur um dann den Versuch zu starten, wieder damit aufzuhören - nur

noch eine letzte Zigarette. Habe es aber sein lassen. Ich bin einfach zu suchtaffin, wenn es darauf ankommt und dann unstillbar abhängig. Der unbeobachtete Eigenversuch mit Kräuterschnaps als Neunjähriger zum Anlass eines gefeierten Geburtstags meines Vaters, verborgen unter dem Esstisch, ist mir noch in erschreckend guter Erinnerung. Sterben ist dagegen eine angenehme Form der Befindlichkeit. Mann, war mir schlecht!

Die ‚Neue Nationalgalerie' verschiebe ich auf den morgigen Tag. Ich möchte mir für die Ausstellung die verdiente Zeitspanne nehmen. Vielmehr begebe ich mich auf die Suche nach etwas Essbarem, erschwinglich und dennoch genießbar. Das Hotelrestaurant fällt aus, wegen der gesalzenen Preisauszeichnungen, deren Begleichung mir nicht behagt. Ich bin also gezwungen mich an die frische ‚Berliner Luft' zu wagen, um einige unvorhersehbare Schritte zu tätigen. Die gummierten Sohlen meiner Wintertreter finden auch tatsächlich einigermaßen Halt auf dem frierenden und überfrorenen Bürgersteig - die Berliner ignorieren offenbar ihre individuelle Pflicht zum Freihalten ihres Straßenabschnittsbereichs in einem ostkalten Winter.
Der amerikanische Film und dessen europäischen Epigonen belagern trojanisch die Stadt. In jeder Blickrichtung ersteht ein George Clooney oder Brad Pitt vor dem realen Auge, wenn auch nur in

phototechnischer Reproduktion. Da fühlt man sich doch sogleich unperfekt angesichts dieser geballten weißen Zahnpracht, die ins Nirwana hinauslächelt. Und ich denke an die nächst anstehende Kontrolle meiner Beißer. Das ist nicht gerade der aufbauenste Gedanke, so kurz vor einem einzunehmenden Mahl, denke ich und schreite durch die Tür eines kleinen osmanischen Imbisses. Es gibt Kebab oder Currywurst, was wieder einmal beweißt, dass wir uns in einer durchglobalisierten Welt befinden, in der jegliche Fast-Food-Grenzen für immer als gefallen gelten können. Der - wollen wir ihn mal euphemistisch so nennen - Koch, er hat zumindest eine Schürze über, beäugt mich kritisch distanziert. Vermutlich störe ich seine Mittagspause für meine. Zur Bestätigung meiner jüngst getätigten Annahme verschwindet er zunächst einmal in einem mir dunkel dräuenden Kabuff - hoffentlich um sich die Hände zu waschen. Ungezählte Minuten später lässt er sich zu meiner Person herab, für eine schnelle Bestellung - ich möchte vermeiden, ihn zu lange von seinen eigentlichen Aufgaben abzuhalten, welche das auch immer sein mögen. Die auf das Wesentliche reduzierte Kommunikation zwischen uns beiden gibt mir allerdings einen überraschenden Aufschluss über seine Herkunft. Sein geknurrtes Deutsch hat seinen ethnischen Ursprung weniger in Istanbul als in Ismaning. Ein Bayer in Berlin und der Kebab schmeckt auch noch. Da

werden doch Grundfesten erschüttert und das Lokalkolorit schlägt Purzelbäume. Jetzt fühle ich mich erst recht in der verdächtig fremdenfeindlichen Fremde, obwohl die Anwesenheit meines bajuwarischen Gastgebers mich eigentlich vom real gegebenen Gegenteil überzeugen müsste. Ich verlasse gesättigt den Ort des globalisierten Wahnsinns und beabsichtige, mich in mein auf Zeit gemietetes, als Kurzfrist-Exil fungierendes Refugium zurückzuziehen. Hotelzimmer, Exil, Refugium, Knast, wenn ich es recht bedenke könnten das, sich gegenseitig ersetzende Synonyme sein.
Es klingt merkwürdig, aber ich begebe mich, einem Gefühl für zu gewinnende Sicherheit folgend, zügig dorthin, denn der eigenartige Eindruck, Objekt einer gezielten Beobachtung zu sein, seit ich das Grand Hotel verlassen habe, lässt meine Nerven anklingen. Irgendetwas bohrt sich beständig in meinen Rücken und mein nun bewusstwerdendes Unterbewusstsein meint unverhohlen, dass es sich um Blicke eines Augenpaares handelt.
Auf meinem Zimmer angelangt, halte ich meine, mich latent aufzehrende Nervosität, wie es sich für einen Vernunftmenschen gehört, gleich wieder für ein Hirngespinst eines ungern von zu Hause fort Seienden. Reale Beruhigung setzt aber nicht ein und ich beschließe daher in der fremden Geborgenheit des Hotelbettes mein Glück zu suchen.

4

Den nächsten Morgen hat keine weitere Schneeflocke gepudert, es ist nur eisheiligenkalt. Mein Schlaf in der Nacht war reisegerecht unruhig ausgefallen Das Frühstück besteht zu gleichen Teilen in einem Buffet für Grapscher und einem Menschenauflauf davor, wie geschaffen für den geborenen Rempler. Da ich zu meinem Unbedauern beide Eigenschaften nicht in mir vereinige, begnüge ich mich mit einer Tasse stundenaltem Kaffee, die dankbarer Weise immerhin an meinen Tisch getragen wird und einem im haschenden Vorbeigehen ergatterten Croissant. Hoteldasein hält schlank.
Dann wage ich fußläufig die schlitternde Wanderung Richtung ‚Neue Nationalgalerie', meinem brieflich vorbestimmten Schicksal entgegen. Das ostdeutsche Klima durchfährt meine bewollten Knochen, als ich auf die Straße trete und mit meinem, sich gegen das Lesen sperrenden, Stadtplan den richtigen Weg erkunde.
Ich passiere bewusst den Checkpoint Charlie, um meiner wiedervereinigten Nationalität Respekt zu zollen. Vor ihm stehen, sich als Amis ausgebende, Möchtegernsoldaten stramm und zocken Touristen für ein Foto vorgegaukelter Vergangenheit ab. Geschichte ist halt modern und in Mode. Die Schluchten des Potsdamer Platzes erinnern an den Grand

Canyon. Sowohl hier wie dort irren Touristenscharen orientierungslos, ziellos und mit einer gewissen Fatalität ausgestattet umher. So denke ich zumindest, schließlich habe ich mir den Grand Canyon bisher nur erdacht vorgestellt, aber noch nie in Natura gesehen - Schicksal eines Stubenhockers.
Nach einer Stunde liegt die ‚rohe' ‚Neue Nationalgalerie' vor mir. Die Masse Mensch vor dem Eingang hält sich, Glück sei dank, in aushaltbaren Grenzen und ich bin innerhalb von fünfzehn Minuten bis zur belagerten Kasse vorgedrungen. Ich versuche sogleich anweisungsgemäß zu kommunizieren und sage: „Meine sehr geehrte Dame, ich habe zweierlei Anliegen. Zum einen möchte ich gerne den Zugang in Ihre Richter-Ausstellung durch monetäre Zahlung erlangen. Zum anderen erwäge ich, bei Ihnen eine Nachricht für Herrn Jack Knollbart zu hinterlassen, da derselbe mich darum bat, dasselbige zu tun, wenn ich in der Stadt bin."
Die Dame hinter der Kasse schaut verdattert, antwortet aber prompt: „Eine Eintrittskarte können Sie haben, aber ich bin keine Postannahmestelle."
Ich lasse mir nicht anmerken, dass ich mich unkorrekt verulkt fühle und bezahle die Karte, insistiere auch nicht weiter, ein Lebenszeichen von mir für Jack hinterlassen zu dürfen. Die Sinnlosigkeit dieses Unterfangens steht der Frau ungeschminkt ins Gesicht geschrieben.

Jack hat sich einen unlauteren Scherz mit mir erlaubt, denke ich sogleich. Vermutlich ist dies die Retourkutsche für eine Kränkung, die ich ihm während des Studiums angedeihen ließ - sicher ohne, dass mir das in irgendeiner Weise bewusst gewesen wäre oder es in meiner Absicht gelegen hätte.
Ich hätte es, verdammt noch mal, ahnen können, als ich diesen vermaledeiten Brief in Händen hielt. Hier versucht ein mitteldurchschnittlich Intelligenter, sich auf echte Freundschaft berufend, den hochbegabten Einzelgänger aus der Reserve zu locken, um ihn nach allen Regeln der Kunst kunstvoll zu verarschen. In diesem konkreten Fall ergibt sich für meine Person allerdings eine zu erkennende Symbiose aus Genie und Trottel. Was mir nun nur bleibt, ist die, nach Transzendenz lechzende, Betrachtung der Richter-Exponate.
Ich wandere, angefressen noch, durch die Ausstellung, aber bald bewegt mich der ‚kapitalistische Realismus' Richters zu eigenen Reflexionen über unsere Post-Post-Moderne. Dabei werde ich von dem Gedanken schreckhaft aufgeweckt, dass ich bei aller Konsumkritik, die einige Richter-Bilder ausstrahlen, am liebsten und unbedingt eins der seinen mein Eigen nennen möchte. Vereinnahmung durch Kauf, nennt man das wohl. Sein Ferrari von 1964 würde sich ganz fabelhaft in meinem Arbeitszimmer machen. Er würde mich daran erinnern, dass Besitz äußerst relativ ist. Um es mit Magritte

zu sagen: Ich besitze keinen Ferrari, sondern nur das Bild von ihm. Aber selbst das kann ich mir nicht leisten, es ist inzwischen ein Vielfaches teurer als ein echter Ferrari.

Vor dem imposant graustufigen Seestück von 1970 bemerke ich ein überaus elegantes, damenhaftes Kostüm, deren Trägerin mich, Keuschheit vortäuschend, ansieht. Ich überlege noch heftig, ob sie mit ihren Blicken mich oder das Bild meint, da schreitet sie schon, Öffentlichkeit erregend, mir entgegen. Verlegen werfe ich mich in den erneuten Anblick des Seestücks und möchte darin untergehen, als sie neben mir stehen bleibt und mich unaufgefordert seitwärts anspricht: „Ein erregendes Werk, finden Sie nicht auch? Es klingt regelgerecht in meiner Seele nach." Ihre Stimme ist samtgeschwängert und arielweichgespült.
Ich gebe Taubheit vor, versinke noch ein Stückchen mehr im Bild und rühre mich nicht. Ohne Erfolg! Sie drängt mir ihren Arm, ausgestattet mit einer behandschuhten, zierlichen Hand ungeniert auf und meint zur mir, rehgleich aufblickend - sie ist nur 1,70 Meter groß, trotz zehn Zentimeter hoher Absätze: „Mein Name ist Urania und ich bin gemeinhin eine sehr gute Begleiterin, wenn Sie es wünschen."
Mir stockt kurz anhaltend der Atem, ohne dass ich ihre Hand ergreife, und alles Mögliche droht mir

aus dem Gesicht zu fallen. Ich sehe mich in einem Moment plötzlicher, vollkommener Verwirrtheit als Ertrinkender in des Malers Seestück, unrettbar verloren. Sie lacht verhalten, aber sie lacht. „Ich sehe, Sie sind sehr schüchtern. Verzeihen Sie mir bitte meine direkte Art“, sagt sie und ergänzt: „In meinem Metier kommt man mit Zurückhaltung nicht sehr weit. Daher sage ich es ganz offen: Ihre Art die Bilder hier zu studieren wirkt sehr anziehend auf mich. Ich bin von Berufswegen zwar für einen Escort-Service tätig, aber ich suche mir meine Begleiter gerne selbst aus. Ich sehe Ihnen an, dass Sie fremd in dieser Stadt sind, dass Sie einsam sind und das Sie deshalb etwas Gesellschaft durchaus angenehm finden werden. Außerdem gefallen Sie mir. Was meinen Sie, sollen wir uns die Ausstellung gemeinsam zu Ende anschauen und dann laden Sie mich auf einen Kaffee ein? Alles Weitere können wir ja dann besprechen. Es wäre doch schön, wenn wir den Tag zusammen verbringen könnten.“

Ich wage nun einen vagen figürlichen Blick, was mein bisheriges, selbst gewähltes Statuendasein ins Wanken bringt. Ich verliere das Gleichgewicht und bin gezwungen einen kleinen Ausfallschritt nach hinten zu machen, um nicht plump, der Länge nach auf meinem Rückenproblem zu landen. Urania wendet sich nun ganz zu mir hin und okkupiert meinen Unterarm. Sie sagt: „Ich führe Sie ein we-

nig herum, Sie scheinen heute etwas unsicher auf Ihren Beinen zu sein, da ist es doch besser, wenn ich Sie ein wenig stütze. Nur sicherheitshalber."
Ich ergebe mich, weiterhin stur schweigend, in mein Schicksal und folge ihrem sanften Armdruck.

Nachdem ich durchgeführt bin, durch die Ausstellung und auch sonst, bugsiert mich Urania in ein medienwirksam angesagtes Cafe mit einem beachtlichen Überfluss an Kuchenüberschuss.
Sacher ist Pflicht, auch für mich - aufgezwungen! Der Cappuccino ist zumindest besser als der vermeintliche Muckefuck im Hotel.
Urania probiert zwischenzeitlich ein neues Gesprächangebot aus: „Entweder sind Sie taubstumm oder Sie wollen nicht mit mir sprechen. Was ist denn nun richtig?"
Dabei beben ihre Lippen mit Stärke drei auf der nach oben hin offenen Richterscala.
Ich antworte endlich, ironisch: „Wenn Sie erlauben, möchte ich anmerken, dass eine solche Frage, annahmegemäß an einen Taubstummen gestellt, eher sinnlosen Charakters wäre und daher als Ganzes eigentlich nicht gestellt werden sollte."
„Nicht zu glauben", jubiliert sie und folgert weiter: „Ein Mann, der unserer Sprache mächtig ist." Stärke fünf auf der Richterscala.
Ich fasse etwas mehr Mut - auch Odysseus musste sich dem Gesang der Sirenen stellen – und gebe zur

Antwort: „Auch wenn anderes berichtet wird, der Mann an sich ist durchaus in der Lage, ganze Sätze mit Sinnhaftigkeit zu füllen, zumindest wenn das andere Geschlecht ihn freundlicherweise ausreden lässt. Diese Rahmenbedingungen existieren, zugegebener Maßen, jedoch äußerst selten in der Welt."
„Sie sind mir ja Einer. Erst ruhig wie das ‚Tote Meer' und dann spitz wie ein Pfeil von Robin Hood. Sie setzen mich in Erstaunen, mein Herr." Stärke sieben.
„Ich möchte der Form halber darauf hinweisen, dass Ihr Verhalten einem Kidnapping sehr nahekommt und ich keineswegs dazu verpflichtet werden kann, eine gepflegte Kommunikation mit Ihnen zu führen. Vor allem auch deswegen nicht, da Sie mir zu verstehen gaben, dass solche Gespräche zu einem gewissen Punkt Teil Ihrer Jobbeschreibung sind. Mit anderen Worten, ich muss mich an jedem Punkt unserer Unterhaltung fragen, wie teuer mich ein Wort bzw. ein Satz von Ihnen kommt. Und das ungeachtet dessen, wie freundlich sie auch artikuliert werden."
„Machen Sie sich darüber keine Gedanken. Wir können einen Pauschalpreis vereinbaren, unabhängig von der Anzahl der gewechselten Worte." Stärke zehn.
„Ich kann mich nicht des Gedankens erwehren, dass Sie einen ungehörigen Schabernack mit mir treiben wollen, meine Dame. Ich komme nicht um-

hin zu glauben, dass Sie zu der Gilde von Fernsehleuten gehören, die es für rechtlich vertretbar halten, vor verborgener Kamera einfache Straßenmenschen in die mediale Irre zu führen, um sie dem gesamten deutschen Fernsehvolk, Quoten steigernd, gekonnt vorzuführen."
„Diesbezüglich kann ich Ihre Bedenken zerstreuen". Irgendwie außerhalb der Richterscala.
„Glauben Sie mir, ich arbeite ausschließlich auf eigene Rechnung. Vielleicht erzählen Sie mir erst einmal ein wenig über sich. Warum zum Beispiel sind Sie in Berlin?"
An dieser Stelle erwäge ich das unechte Gespräch und somit diese obskure Begegnung abzubrechen. Unglücklicherweise kommt aber in diesem Moment unsere Sacher mit Schlag und meine ausgesprochene Erziehung zur Etikette tackert mich weiter an meinem Stuhl fest. Gezwungen in eine Situation, die keinen höflichen Abgang erlaubt, übergebe ich mich geistig in meinen Eingeweiden und dann dem neuen Gesprächsthema: „Ich bin eines Freundes wegen angereist", gebe ich gekürzt als möglich von mir.
„Wie interessant! Braucht Ihr Freund Ihre Hilfe oder möchte er Sie nur mal wiedersehen?" treibt Urania an.
„So genau konnte ich das noch nicht eruieren. Mir ist es bisher versagt geblieben, mit ihm Kontakt aufzunehmen. Seine epistelischen Anordnungen

waren bedauerlicherweise überaus ungenau. Ich werde wohl andere Wege und Mittel ausfindig machen müssen, um ihn selbst ausfindig machen zu können.“
„Wie spannend. Sagen Sie mal, ich kann Ihnen doch helfen, Ihren Freund zu finden. Wie heißt er denn. Ich gehe mal über mein Smartphone ins Internet und checke das Adressverzeichnis für Berlin.“
„Verzeihung. Eine solche Art Hilfe kann ich mir nicht leisten.“
„Jetzt hören Sie doch mal auf, Ihr Geld zu zählen. Dieser Service ist umsonst, okay?“
Ein Stück Sacher-Gekrümel liegt noch auf meinem Teller. Ich stimme also zu: „Er heißt Jack Knollbart.“
Sie beginnt epileptische Bewegungen auf ihrem Handy zu vollziehen. Bald stoppen ihre Bewegungen aber, sie erstarrt, Eissäulen ähnlich, und wartet. Und wartet. Und wartet. Wenig später kräuselt sich ihre Stirn zu Hautfalten und sie meint Enttäuschung vorgebend: „Kein Knollbart in Berlin. Sind Sie sicher, dass er in Berlin wohnt?“
„Zu dieser Erkenntnis fehlt mir der finale Zugang, bedauere. Ich war davon ausgegangen.“
„Was macht er denn beruflich?“, stochert Urania tiefer.
„Auch das entzieht sich meinem Wissensdurst. Wir haben uns lange nicht gesehen.“

„Was ist denn Ihre letzte Erinnerung an ihn, wenn ich fragen darf?“
Das geht uneigentlich, also bestimmt viel zu weit, denke ich. Was habe ich mit dieser Frau zu schaffen? Mein gesammeltes Bauchgefühl rät mir zur Flucht, zurück nach Köln, in meine bebücherten vier Wände, zurück zu mir. Da ich aber nicht bei mir bin, sondern bei Ihr, beginne ich wie in hypnotischer Eingebung schwätzend zu palavern: „Ich kann mich an eine treffliche Begebenheit ziemlich am Ende unseres Studiums erinnern. Jack hatte es nicht vermeiden können, durch eine der letzten seiner Examensklausuren zu fallen. Am Abend der Notenbekanntgabe kam er, in seinem aktuellen Zustand offensichtlich permanent gefrustet, bei mir vorbei. In seinem Gehirn hatte sich, kuckucksgemäß, der Gedanke eingenistet, seine ganzen letzten fünf D-Mark in einer winkeligen Eckkneipe in der Nähe unserer Wohnungen auf den damals noch behaarten Kopf - wie er jetzt ist, entzieht sich ebenfalls sehr wohl meiner Kenntnis - zu hauen. Vermutlich, weil er bei mir einen Besitz von mehr als fünf Mark annahm, war er beflissen darauf aus, dass ich mitkäme. Sicher um ihm einen kreditgesicherten Vollrausch vor oder sogar end zu finanzieren.
Ich gab ihm freundesdienstlichen Geleitschutz, musste ihm aber am Kneipierwall, dem Absacker-Tresen, das Geständnis unterbreiten, dass ich aktu-

ell auch nur drei D-Mark in der Tasche hätte. Er blieb für sein herrenloses, sonst ausuferndes Temperament äußerlich, wie äußerst ruhig und meinte nur, dass wir damit unsere maximal vier Biere wohl nur im vollen Bewusstsein der unbefriedigenden und mangelhaften Welt genießen könnten. Das Leben sei halt jederzeit und jederorts imperfekt. Gesagt, getan. Das vom Schankwirt gemachte Angebot, uns etwas Schnitzelhaftes in die Pfanne zu hauen, lehnten wir, aus verständlichen Gründen, dankend ab. Am Ende dieser viel zu früh abgebrochenen Sause blieben Jack fünfzig Pfennig. Zu wenig für ein weiteres Glas Bier, zu viel, um den Blick schon Richtung Zuhause zu wenden. Mit einer entschlossenen Bewegung fädelte Jack den metallisch glänzenden Coin in den Schlitz eines anwesenden Glücksspielautomatens ein. Den kleinen Scheißer nehm´ ich doch nicht mit nach Hause, war seine, mir gegenüber, genuschelte Begründung für sein, natürlich, irrationales Tun. Unsere Freundschaft hielt schon lang genug an, dass er wusste, was ich von Glückspielen halte. Für mich ist der sogenannte ‚Einsatz' nicht nur rausgeschmissenes Vermögen, sondern das Ganze kommt auch einem sinnentleerten Handeln sehr nahe. Das gesamte Konzept von Roulette und Co ist dem religiösen Sprung in den Glauben überaus ähnlich, nur dass in jenem Fall auf den hoffnungsfrohen Springer der Abgrund wartet.

In unserem konkreten Beispiel regelwidrig allerdings nicht. Jack´s Geldstück erreichte fundamentierten Boden, und einhundert Sonderspiele waren das Resultat der blödsinnigen Eingebung meines Freundes. Am Ende des, für meinen Geschmack, völlig unnötigen Ausspielungsrituals hatte Jack Münzen im gesellschaftlichen, nicht materiellen Wert von über einhundert D-Mark vor sich aufgestapelt. Er bestellte für uns Ströme von Bier und Berge von Schnitzeln und lachte so breit wie Kermit der Frosch. Seine Freude ging natürlich über seinen gewonnenen Teilzeitreichtum hinaus. Er hatte mir, seinem verqueren und querulantischen Freund, gezeigt, dass das Lebenspendel auch einmal in eine unvorhergesehene Richtung ausschlagen kann.
Dogmatische Wahrscheinlichkeitsberechnungen für seine Existenz konnte er schon immer keinesfalls akzeptieren.
So war Jack! Wenn ich es recht bedenke, charakterisiert dieses anekdotische Gedankenfragment Jacks Weltanschauung recht gut."
„Ihr Freund scheint aber ein ganz netter Kerl zu sein", ist Uranias einziger Kommentar auf meinen nicht rückhaltbaren Wörterschwall, der in seiner Fließgeschwindigkeit den Niagarafällen in nichts nachsteht.
Nichtahnend, dass dies für meine Person eine ungewöhnliche wie seltenste Begebenheit ist, setzt

sie, wohl ironisch, hinzu: „Leider gibt es in Berlin eine unüberschaubare Anzahl von Kneipen und Wirtshäusern, so dass es wenig Sinn macht, Ihren Freund in einer dieser Lokale auf gut Glück zu suchen.“
Selbstverständlich komme ich nicht umhin, dieser schusseligen Schlussfolgerung zuzustimmen. Deshalb habe ich dieses Kapitel der Begegnungen mit Jack auch nicht aus meinem Gedächtnis gezogen. Vielmehr hat es mich irgendwie angerührt, als ich rückwärtsgewandt zurückkehrte zu diesem Ausschnitt meiner Lebenswirklichkeit. Ich habe das Gefühl, dass meine Leber sogar drei heruntergeschluckte spontane Tränen entgiften muss.
Urania bemerkt davon - wie ich strengstens hoffe - nichts. Scheint aber nicht der Fall zu sein, denn im nächsten Satz setzt sie ihre glatt platt machende LKW-Strategie brutal ungerührt fort: „Mir scheint, im Moment können wir nicht viel tun, um Ihren Freund zu finden. Sollen wir uns stattdessen nicht besser auf Ihr Hotelzimmer begeben? Vielleicht finden Sie da ja etwas anderes, was Sie auch schon lange gesucht haben.“

5

Ich sitze in meinem Bett, in meinem Hotelzimmer, in meine Verlassenheit und meine Schamergebenheit gehüllt. Eine einzige reizende Bewegung ihrer Körperglieder hat mich zum Sklaven ihrer Handlungen gemacht. Der eigentliche Koitus war nur ein Beifang des geschäftstüchtigen Beischlafes. Entsprechend beiläufig schälte sich Urania nach dem vorgetäuschten Akt in ihre Anziehsachen und war mit meinen dreihundertfünfzig Euro (angeblich Sonderpreis), einen Kuss in die schwangere Atmosphäre des Raumes hauchend, durch die Tür, weiter jagend. Ich bin durchaus nicht ganz unerfahren in den technischen Besonderheiten des gemeinen Beischlafes. Ich bin es sehr wohl in der hohen Kunst der Liebe. Dieses Konzept des Aneinanderhaftens zum Zwecke des ungehinderten Austausches von, mit dem unsanktionierten Ineinanderfließen von Körpersäften verbundenen, Gefühlsanwandlungen ist mir fremd. Wozu Emotionen mit einem anderen Menschen vergeudend tauschen, wenn doch von Beginn an die unumstößliche Klarheit vorherrschen sollte, dass solcherart Beziehungen das Chaos auseinandersetzender Schärfe zwischen den Protagonisten in späterer Zeit zwangsläufig nach sich ziehen werden?

Gleichwohl verfüge ich über genügend einstudierte Artistik für ausgedehnte Schlafzimmergymnastik, wie ich sie soeben vollzogen habe. Dies habe ich der sturen Verbohrtheit von Jack zu danken. Nach der zwangsläufig erfolglosen Suche nach einer Liebesgefährtin für mich, schleppte er mich kurzerhand und kurz entschlossen in ein, Bordell genanntes, Etablissement, zwecks Einübung des simplen Aufs und Abs mit Zusatzperson. Gleichzeitig lag es in Jacks fatal väterlichen Absicht, meiner blauäugigen Jungfräulichkeit den Todesstoß zu versetzen. Beides gelang in fünf separaten Sitzungen. Beinahe hätte ich diese ‚ruhmreiche' Episode meines Sexuallebens, die bis heute, vor einer Stunde, ein Unikum blieb, vergessen gehabt. Mit Urania in der gefederten Bettauflage überkam mich dann aber eine, wie Fahrrad fahrende, Erinnerungseingebung betreffs Kitzler, Mamilla und Vulva und deren sexuell ritualisierte Behandlung. Nur das mit der Hollywoodrasur war mir bis dato unbekannt geblieben. Die Menschheit nennt das wohl immer noch Fortschritt!
Ungeachtet dessen hatte ich allerdings verlernt, dass eine solche praktizierte Einübung etwas Erleichterndes haben kann. Zumindest in der Sekunde des anrauschenden Höhepunkts körperlicher Aktivität. Der Preis für diesen ekstatischen Moment der flüchtigen Freude ist jedoch abklingende Ernüchterung und Dumpfheit im Geist. Jeder muss sich

selbst die fundamentale Frage stellen, ob er bereit ist, diesen Obolus zu entrichten.
Urania und ich haben uns gleich für heute Abend zum Dinner verabredet.
Allerdings ist jetzt, während ich dusche, ein geeigneter Moment gekommen, über meine, über den Abend hinausgehenden, Vorstellungen von einem Plan nachzudenken. Da Jack für meine Person unauffindbar scheint, fühle ich mich durchaus berechtigt, über eine Heimreise am nächsten Tag nachzusinnen. Immer noch halte ich in der Rückschau der vergangenen Tagesstunden den Brief meines alten Bekannten tendenziell für einen, von seiner Seite wohlgemeinten, für mich allerdings gemeinen Scherz. Aber was sind Jacks Gründe für einen solchen, pubertären Unsinn? Eine menschliche Ewigkeit liegt zwischen heute und unseren damaligen, letztlich peripheren, geselligen Gemeinsamkeiten. Diese Zeitspanne schließt Verulkung als Ursache von Jacks Zeilen eigentlich aus, zumindest sofern man den menschlichen Handlungen ganz allgemein etwas Vernunft unterstellt. Es liegt also unbedingt im möglichen Bereich des Denkbaren, dass Jack vielleicht verhindert war, eine Spur Lebenszeichen zu hinterlassen. Gründe dafür kann es schließlich mannigfaltige geben, wie ans Bett bindende Grippe mit Fieberdelirium von vierzig Graden, wie ein Autounfall mit immobilem Beinbruch oder wie, im schlimmsten Fall, komatösen Körperausfällen bis

zur tödlichen Konsequenz. Allerdings liegt es offensichtlich außerhalb meiner Erkenntnismöglichkeiten, derartige potentielle Gegebenheiten zu ergründen. Dafür fehlen mir schlicht die Mittel. Bleibt somit wieder die Abreise am Folgetag, was einem kreisrunden Gedankengang entspricht.

Urania hat sich in ein noch nicht gesehenes dunkelblaues Etuikleid gewandet und schwebt majestätisch an meinen Tisch, den das Hotel nach Anweisungen von mir, der Anweisungen von ihr erhalten hatte, in meinem Namen reserviert hat. Neben dem Preis für Menü, Champagner und Wein wird mich ihr strahlendes Erscheinungsbild ein Vermögen kosten.
Wir sprechen Belangloses, während die Speisefolge, Gang auf Gang, erfolgt. Ein bisschen Richter da, ein bisschen K. O. Götz dort. Urania schmeichelt mir mit angelernter Bildung und ihrem entzückenden Aussehen. Ich nehme es hin.
Aber auch die Haute Cuisine an diesem Ort macht eine gute Figur. Der fast verschollene Thunfisch wie der aussterbende Steinbutt sprechen Bände und schmecken sogar. Die Umweltbilanz haben wir an der Garderobe beizeiten abgegeben.
Im Angesicht eines fulminanten Desserttellers des Hauses (tausend Kalorien plus) nimmt Urania zu meiner Überraschung Jack als Themenstellung wieder auf und meint zwischen zwei Löffeln Man-

delcreme: „Vielleicht können wir deinen Freund doch noch irgendwie ausfindig machen."
Ich antworte nach einem Vanille-Zimt-Ingwer-Schluckreiz: „Mir fehlt jegliche Vorstellungskraft, wie uns das gelingen sollte."
„Ich habe eine kleine Überraschung für dich. Nachdem ich dich heute verließ, konnte ich mich nicht zurückhalten, schnell eine Nachricht im Internet zu posten. Ging ganz einfach mit meinem Smartphone."
Sie entwendet ihrem Handtäschchen kramend das Handy, tippt darauf herum und vom Display ablesend sagt sie: „Folgendes habe ich für die Berliner Region eingestellt: ‚Alter Freund ist auf der Suche nach Jack Knollbart. Mit der ‚Neuen Nationalgalerie' hat es leider nicht geklappt. Treffen wir uns doch morgen Abend, gegen 19 Uhr in der Retsinabar'."
Ich beäuge sie ungläubig und erlaube mir zu bemerken: „Verzeih bitte. Ich schätze die Wahrscheinlichkeit eines Erfolges deiner Surf-Aktion mehrheitlich gering ein."
„Oh, unterschätze nicht die Macht des Internets. Es sind schließlich nicht alle Menschen so netzscheu wie du."
Dem allgemeinen Grunde nach muss ich Urania natürlich Recht geben. Destotrotz verbleibt bei mir eine beträchtliche Skepsis, die es gegen eine morgige Heimreise nach Köln abzuwägen gilt. Deshalb

äußere ich erst einmal eingebildet gebildet: „Dein Web-Vertrauen in Ehren. Ich halte es dennoch für eine angemessenere Idee, mich nicht länger in dieser Stadt unterbeschäftigt aufzuhalten. Die karge Aussicht auf einen erfolgreichen Verlauf des morgigen Abends sollte keinen weiteren, verschwendeten Tag zur Konsequenz haben."
„Mit anderen Worten, die Zeit mit mir siehst du als verschwendet an", schmollt Urania daraufhin bemerkbar.
Ich versuche es mit weltmännischer Ironie: „Die Stunden mit dir, meine Liebe, haben definitiv einen latent verschwenderischen Aspekt. Das kannst du - nun ja - nicht abstreiten. Meine Brieftasche kann in diesem Fall als Zeuge fungieren."
Der ironische Ton misslingt eindeutig und entwickelt einen beißenden Beigeschmack.
„Du Scheusal!", ist ihr lapidarer Kommentar. Und dann fügt sie, einen typischen weiblichen Erziehungsversuch unternehmend, hinzu: „Für einen so intelligenten Mann wie dich, mein Lieber, sollte es tabu sein, solch unangebrachte Frechheiten gegenüber einer Dame zu äußern."
Ich experimentiere, die fehlende Gesellschaftsfähigkeit eingestehend, mit einem gequälten Lächeln in ihre Richtung, sie aber fährt unerbittlich fort: „Wenn du mich jedoch noch zu einem Glas Champagner einlädst, werde ich dir großzügig verzeihen und dich morgen Abend zu deinem Treffen beglei-

ten, sozusagen als sozialer Begleitschutz, damit du es nicht versaust. Oder aber reise ab. Es liegt bei Dir."
Ich gebärde mich unterwürfig, kalkulierend, was mich das zusätzlich kosten wird, bestelle die gewünschte Droge und attestiere für mich, dass ich, angesichts des eben vorgebrachten Fauxpas, mich unmöglich glaubhaft weigern kann, noch einen weiteren Tag in Berlin zu verbringen.

Nach der delikaten Speisung entführt mich meine spätmuntere Begleiterin in eine - nur unter Insidern - angesagte Bar, um nicht zuletzt Küsschen links, Küsschen rechts zu verteilen. Urania ist halt - oder hat - eine bekannte Nummer in dieser Stadt. Das Altersniveau bewegt sich erstaunlicher Weise, nach meiner ungefähren, laienhaften Schätzung zwischen fünfundzwanzig und fünfundsechzig. Urania hat bei der geplanten Auswahl unseres aktuellen Nachtdomizils also mein Geburtsjahr gebührend berücksichtigt. Mir soll der Abend mit ihr offensichtlich in allen Belangen wohl bekommen. Obgleich, die Menge an Menschen beginnt mich zu deprimieren. Soviel Unverstand auf engstem Raum löst bei mir zwangsläufig, absolut und unvermittelt Angstzustände der schlimmeren Art aus - Angst um das Bestehen der Menschheit.

Urania amüsiert sich Sissi-gemäß königlich und unterhält unseren Stehtisch mit Klatsch und Tratsch aus der Weltstadt.
Wirkt auf mich antagonistisch und ernüchternd. Ich bin jetzt Gefangener meiner kürzlich getroffenen Entscheidungen und ausgeführten Handlungen, bin also, so das unumkehrbare wie vernichtende Urteil meiner selbst, selber Schuld.
Die Weindegustation, zu der ich durch den immer inflationärer werdenden Bestellvorgang Uranias gezwungen bin, führt uns Beispiel bildend durch beinahe sämtliche Länder Europas und den USA. Am besten mundet mir der, knappe Säure antäuschende, Riesling von der Saar. Aber auch den, Schokolade vortäuschenden, Pinot Noir aus dem Friaul verachtet mein Gaumen nicht minder. Zu diesem Zeitpunkt macht mich meine nun einsetzende Verhaltenstendenz zur lallenden Monologisierung darauf aufmerksam, dass eine gewisse Promille-Anreicherung in meiner Blutlaufbahn vorhanden sein muss. Nach einer nicht ganz einfachen Verständigungsaufnahme mit meiner Dame, beschließen wir dann doch, den Ort des hemmungslosen Nachtfeierns zu verlassen. Da meine Alkoholtoleranz deutlich überschritten ist, wie auch Urania hicksend bemerkt, nehmen wir Abstand von einer weiteren gemeinsamen Verbringung der, sowieso zu Ende gehenden, Nachtstunden.

Kurzerhand werden zwei, fast schon an uns vorbeihuschen wollende Taxis per Handzeichen zum Stehen gebracht und für die Heim- beziehungsweise Hotelrückfahrt genutzt.

6

Ich erwache, erschlagen von einem - sicher nicht haustiergewöhnlichen - Kater in meiner zerwühlten Bettstatt. Wie ich dort selbst hineingekommen bin, bleibt mir momentan unmissverständlich unverständlich. Nur die Tatsache, dass ich in meinem Pyjama in derselben liege, beweißt schlagend mein, nicht ausschließlich schlaftrunkenes, Finden in dieselbe.

Meine alkoholische Absturzhistorie ist nicht sonderlich lang. Ab und an ein beachtenswertes Glas Wein zum Essen, das ist es in den letzten Jahren auch schon gewesen. Nur zu Studienzeiten ging es wilder zu. Jack verfolgte die Philosophie, dass mit einem gepflegten Menü auch ein gepflegter Vollrausch korrespondieren musste. Auch dann, wenn er das Menü gelegentlich ausließ. Er trank wie ein Loch, ein schwarzes zudem. Ich erlangte damals zu der korrekturbedürftigen Erkenntnis, dass eine gemeinsam durchlittene Alkoholvergiftung einer, nicht besser zu definierender Sympathiebekundung gleichkam. Gemeinsames Leid und so weiter.

Jack liebte es, mich der Trunkenheit so nahe wie möglich zu bringen. Dann konnte er sich eine unstatthafte Bemerkung nicht verkneifen: „Alter Knabe, jetzt bist Du reif für mein Level. Reden wir!“

Ob er damit meinte, dass ich im Alkoholnebel zu seiner Sphäre aufgestiegen war oder umgekehrt, ich mich zu seiner zwangsweise herabließ, habe ich niemals in Erfahrung bringen können. Er war aber immer der felsenfesten Ansicht, dass er ein beispielgebendes Verhalten mir gegenüber an den Tag legte, was von mir - mindestens - mimetisch kopiert werden sollte.
Nach einer gequälten Morgentoilette fühle ich mich befähigt, einen Blick aus dem Fenster zu werfen. Die nicht gerade naheliegende Annahme, der Frühling sei spontan in Berlin eingefallen, erweist sich natürlich als falsch. Väterchen Frost lässt ungehindert grüßen. Ich ergänze daher mein Outfit um einen bläulichen Rollkragenpullover, über dem mein dickgarniges Jackett nicht unregelmäßig ausbeulen wird.
Für die bevorzugte Aufnahme der ersten Mahlzeit des Tages suche ich heute ein Cafe auf, das unweit meines Hotels liegt. Ich möchte das Bad in der Frühaufstehermenge am Hotelbuffet für diesmal meiden. Aber auch in dieser röstenden Lokalität ist der Service äußerst begrenzt. Das bekäste Brötchen bin ich gezwungen, einer Kühltheke zu entnehmen, verpackt in - wie mir scheint - alterschwache Frischhaltefolie. Den Kaffee bestelle ich an einem Tresen, an dem auch der Bezahlvorgang abgewickelt wird, nicht aber die Kaffeeausgabe. Dann rücke ich einen Tresen weiter, um nach einigen

Minuten das fertig gebrühte Getränk in Empfang zu nehmen. Wobei ich höllische Vorsicht walten lassen muss, um tatsächlich auch meinen Cappuccino in die Hände gedrückt zu bekommen und nicht den Latte meines bestellenden Vor- oder Nachgängers. Offensichtlich sehen die Besitzer solcher Einrichtungen eine drängende Notwendigkeit, die Selbständigkeit des noch verschlafenen Kunden zur rechten Zeit, am Morgen, auf die Probe zu stellen. Oder aber sie wollen nur Geld beim Personal sparen.
Mit Mühe kann ich eine der wenigen Sitzgelegenheiten in dieser Kaffee-Factory ergattern. Da ich nicht weiß, wohin mit meinem Mantel - hier wird an allem gespart - behalte ich ihn aufgeknöpft kurzerhand an. Meine potentielle Verweildauer hier schätze ich in diesem Moment auf wenige bis fünf Minuten. Während der Berechnung dieser Prognose, tritt ein dunkelhaariger, dunkel gekleideter Mann - irgendwie genretypisch - an meine Verweilposition. Er stellt sich nicht vor, als ich fragend und unsicher, immer noch durch Spritabgase des Vorabends schauend, zu ihm aufblicke. Er nickt kurz, ergreift meine linke, Brötchen fassende Hand und sagt: „Ich rate Ihnen, Berlin auf dem schnellsten Wege wieder zu verlassen. Ich verspreche Ihnen, es wird Ihrer Gesundheit und besonders Ihrer Brieftasche ganz bestimmt nicht abträglich sein.“

Bevor ich aus meiner Schockstarre erwache, um ihn zu fragen, ob er sich für den Paten persönlich hält, der mir ein Angebot machen will, dass ich nicht ablehnen kann, ist der Geheimnisvolle schon in dem, vom Eingang hereinströmenden Menschenauflauf untergetaucht.
Kurzzeitig gehe ich der vorstellbaren Annahme nach, diese kurze Begegnung nur geträumt zu haben. Zuviel Alkohol, zu wenig Schlaf wäre meine unfachmännische, aber empirisch belegbare Diagnose. Der schwingende Nachhall seine Worte in meinen aufgewühlten Eingeweiden spricht allerdings eine andere Sprache. Es ist die Konversation der Angst, die zu mir spricht. Ich zittere die Tasse Cappuccino an meinem Mund, das Brötchen ist inzwischen meiner Hand entglitten. Eine irrtümliche Verwechslung, denke ich. Eine anderslautende Erklärung ist abzulehnen, denke ich. Der Fremde kann mich gar nicht kennen, denke ich. Aber alles Denken ist sinnlos angesichts des offenkundigen, direkten Angriffs auf mein Nervengerüst. Ich verlasse das Cafe. Ich brauche glasklare frische Lufteinheiten, um mehr Eindeutigkeit meiner Gedanken zu erlangen. Doch der kalte Sauerstoff, der meine Lungenflügel hastig durchströmt, lässt meine Verwirrung kaum eindampfen. Mir kommt meine Lage situationsbedingt surreal vor und jegliche Reaktion darauf eigentlich sinnentleert. Die nächsten Schritte sind zu überdenken. Doch welche sollen das sein?

Dieses sich, vor mir aufbauende, Mysterium muss etwas mit meinem, bisher kläglichen Versuch zu tun haben, Jack ausfindig zu machen. Es kann keinen anderen Grund geben. Nur wegen meines alten Freundes bin ich in diesen Moloch von Stadt gekommen, und deshalb ist es nur logisch anzunehmen, dass ich wegen Jack zum abreisen bewogen werden soll. Vielleicht, so vermute ich ins Blaue, ist Jack in unsaubere Machenschaften verwickelt, die ihm jetzt auf die Füße fallen. Nicht wenig scheint darauf hinzuweisen. Der seltsame Brief nach Köln, seine unmoderne Unerreichbarkeit, seine geäußerte Vermutung, dass er demnächst umziehen muss, der Zirkus mit der Nachrichtenvermittlung über die ‚Neue Nationalgalerie'. Hier ist ein Muster erkennbar am Werk, sage ich mir. Und dieses Muster verweist ziemlich deutlich und wenig unmissverständlich auf nicht legale, sprich kriminelle Vorgänge, von denen ich mich tunlichst fernhalten sollte.
In diesen gewundenen Gedanken versunken, bin ich wie blind auf dem Gendarmenmarkt angelangt. Ich sehe, nun wieder überwiegend geistesgegenwärtig, gleichwohl noch ein weinig verwundert, klar und wundere mich noch mehr. Ich meine tatsächlich, den dunkelgewandeten, drohgebärdenden Störenfried meiner Geistesruhe zu erblicken. Er spricht mit einer anderen, mir ebenfalls unbekannten Person und bewegt sich dann zielstrebig in

Richtung Friedrichstrasse. Einer für meine Persönlichkeit ungewöhnlichen Eingebung folgend, beschließe ich, diesem womöglich Möchtegern-Paten von Metropolis zu folgen.

Ich mache es so ähnlich wie Sam Spade und schleiche dem merkwürdigen Fremden, zuweilen unelegant Deckung suchend, manchmal unlegal über rote Ampeln sprintend, hinterher. Er bewegt sich nicht sonderlich gehetzt durch die Straßenschluchten von Berlin Mitte, eher wie ein stinknormaler Durchschnittsbürger auf dem Weg zur Arbeit oder zu seinem mittäglichen Lunch. Ich kann mein Bedauern über diese alltägliche Verhaltensweise, die mein Beobachtungsobjekt, meines Erachtens zu Unrecht, an den Tag legt, kaum verhehlen. Schließlich hat er mich unvermittelt einer unnormalen Bedrohungssituation ausgesetzt. Soll er sich doch auch wie ein gemeiner Gangster geziemen. Ich bin etwas enttäuscht.
Er lässt es sich nicht nehmen ‚Unter den Linden' ein weiteres Cafe aufzusuchen, sicher für die nächste Androhung roher Gewalt beim nächsten Unglücksraben. Möglicherweise handelt es sich bei der Person meiner Beschattung ja um einen Geldeintreiber auf seiner Rundtour durch seinen angestammten Bezirk. Das spräche für die Hypothese einer Verwechslung bezüglich meiner Person. Ich husche also, möglichst mit Vorsicht ausgestattet,

ebenfalls in die Räumlichkeiten dieses Kaffeetempels - er ist im Gegensatz zu dem Cafe von heute morgen überaus großzügig gestaltet - und suche mir einen Platz hinter der stattlichen Garderobe - hier herrscht durchaus etwas Luxus vor - um zu sehen, aber nicht gesehen zu werden. Sogleich, während ich den Platz in teilzeitigen Besitz nehme, sehe ich den Mann sich zu einer Dame im hinteren Teil des Raums setzen. Die beiden Observierten beginnen auch gleich ohne Begrüßung und viele Umstände, kräftig zu streiten. Insbesondere die Frau gestikuliert unter stärkstem Arm- und Händeeinsatz im Blickfeld des Fremden. Populär ausgedrückt, scheißt sie ihn regelrecht zusammen. Okay, denke ich, die Einschätzung der Gefährlichkeit dieses Mannes ist von mir unter dem Eindruck dieser Szene wohl neu vorzunehmen. Er gibt seiner Gesprächspartnerin zwar durchaus Kontra, aber es ist offensichtlich, dass er verbal auf der Verliererstrasse unterwegs ist. Das beruhigt mich irgendwie ungemein. Aber nur bis zu dem unumkehrbaren Punkt, als ich die konfliktunscheue Frau genauer unter meine fokussierende Lupe nehme. Ich schlucke mehrfach fehlenden Speichel, da ich meine zu erkennen, dass es sich bei der Dame um ein Ebenbild von Euterpe, meiner Mitfahrerin aus dem Zug, handelt. Aus dem zurzeit bestehenden Sicherheitsabstand zu den Beiden betrachtet, fehlt mir natürlich die letzte Sicherheit einer bestätigenden

Analyse, gleichwohl bin ich mir doch ziemlich sicher. Es ist Euterpe. Mich trifft ein anfallartiger Schlag. Ohne eine Bestellung aufgegeben zu haben, verlasse ich rasch hechtend das Lokal und sprinte Richtung Brandenburger Tor.
Das Blut rauscht wie ein Gebirgsbach nach der Schneeschmelze durch meine Adern. Mein Gehörvermögen scheint seine Arbeit eingestellt zu haben. In meinen Sehnerv hat sich das Bild der Streitenden von eben eingebrannt, ich stolpere mehr als das ich meinen Gang kontrollieren könnte. So kann es nur in Dantes Hölle sein. In meinem Fall wird Literatur zur Realität. Ein seltenes Schauspiel.

Nach gemutmaßten eintausend Schritten bemühe ich mich, meinen unsteten Atem zu disziplinieren, meinen Geist zu reinigen und mein Dahintorkeln zu stabilisieren. Ich erkunde zum zweiten Mal an diesem irrläufigen Tag den Versuch, Klarheit in meinem Denken zu erlangen. Und schon denke ich: „Du Trottel! Warum bist du vom Ort dieser für mich überaus bedeutenden Vorkommnisse geflohen? Warum hast du dich dieser, zugegeben, bizarren Situation und den beiden, in dein Dasein einbrechenden, Akteuren nicht gestellt - sie gestellt? Eben hättest du alles auflösen, wahrscheinlich klären und dann deine Untersuchung auf fundierten Erkenntnissen durchexerzieren können.

Nun bist du, gib es zu, dümmer, irritierter und verunsicherter als heute Morgen."

Ich mache daher kehrt und japse zurück zum Cafe, gewillt, den gordischen Knoten ein für alle Mal zu zerschlagen. Einkehrend stelle ich allerdings fest, dass meine Hoffnungen enttäuscht werden müssen, denn die beiden sind schon aufgebrochen, ihr ehemaliger Tisch ist verweist.

7

Nach den erschaudernden Ereignissen der vergangenen Stunden fühle ich mich merkwürdig stark motiviert, über meine aktuelle, wenig ausgeglichene Befindlichkeit zu befinden. Dazu richte ich meine Schritte gen Osten, um Nofretete im Nordflügel des ‚Neuen Museums', wo die Schöne eine angezweifelte neue Heimat gefunden hat, zu besuchen. Ihr einäugiger, dennoch erhabener Anblick soll für mich zugleich Inspiration und Fixpunkt sein, um meine angekratzte Gedankenwelt einem neudeutschen Reload zu unterziehen.

In die ästhetische Zwiesprache mit der Büste mischen sich in der Tat nach und nach Erklärungsansätze für das kürzlich Gesehene und Erlebte. Da sich Euterpe und der ‚Stranger in the Morning' kennen, beide Protagonisten auch mit mir Kontakt hatten - der eine durch Zufall auf einer Reise, der andere bewusst mich aufsuchend - ist die Schlussfolgerung naheliegend, dass ich in dem eben besuchten Kaffeehaus eine beziehungsrelevante Eifersuchtsszene beobachtet habe. Der mir Unbekannte hat erfahren, vielleicht hat sie es ihm selbst auf die grobporige Nase gebunden, dass sie, Euterpe, eine liebeleisuchende Konversation mit mir hatte und mich, meiner wenig anziehenden Persön-

lichkeit zum Trotz, gleichwohl anziehend findet. Schließlich gab sie mir zu Verstehen, dass ein gewolltes Wiedersehen in einer Weinbar in Kreuzberg durchaus willkommen sei. In mir dämmert Gewissheit auf, dass mein Angreifer vermutlich der geschasste, womöglich gehasste Exfreund Euterpes ist. Durch sie wusste er, wo ich nächtige und er hat mich vom Hotel zu meiner Frühstücksstatt verfolgt. Dies aus dem einzigen Grund, den Nebenbuhler einschüchternd von der Platte zu putzen. Ein perfider Plan, der Dank meines inzwischen auf Hochtouren dampfenden Intellekts misslingen wird. Vielmehr reift der von überraschendem Mut zeugende Entschluss, heute Abend einen lokalen Abstecher nach Kreuzberg zu unternehmen.
Ich muss das nur mit Uranias ‚famosen' Plan koordinieren, Jack über das Internet zu finden. Zeitgleich zwei Bars aufzusuchen, stellt, selbst für jemanden wie mich, ein unlösbares Paradoxon dar, obwohl ich parallel existierende und korrespondierende Welten für durchweg glaubhaft halte.
Gleichzeitig sind ebenfalls Zeitreisen für mich ein Faszinosum. In meiner jetzigen, konkret brenzligen Situation fände ich es ganz wunderbar, wenn ich in meiner Zeitlinie exakt berechnet zurückreisen könnte, um Jack am Eingang des Juridicums, kurz vor einer seiner Examensklausuren, formvollendet als mein älteres Ich abzufangen. Ich würde ihm, nach Überwindung seiner bestimmt beträchtlichen

Skepsis, von der aufwendigen Suche nach ihm in der heutigen Zeit berichten und ihn bitten, in seiner zukünftigen, noch zu verfassenden Epistel genauere Angaben zu seinem derzeitigen Aufenthaltsort zu machen. Durch meine Zeitreise wäre Suchen und Finden eins.
Allerdings würde mich Jack dann gegebenenfalls verwundert anschauen und fragen, warum wir uns denn eine so lange Zeitspanne nicht gesehen hätten? Wieso wir quasi vollständig und auf eine Weise den Kontakt verloren hätten, dass ich jetzt in die Vergangenheit zurückreisen müsste, um ihn um das vorher Geäußerte unfreundschaftlich zu bitten. Ich würde sicher schwer herumstottern und letztlich keine belastbaren oder befriedigenden Ausflüchte erfinden. Dies könnte dann mit einer denkbaren Gewissheit bei Jack zu dem felsenfesten Entschluss führen, unsere Freundschaft in seiner Zeitlinie um jeden Preis aufrechtzuerhalten. Mein Zeitsprung würde ihn zu Handlungen motivieren, die der Pflege unserer Freundschaft nach dem Studium in einer unbedingten Weise dienen würde.
Mein jetziges Ich reist vorher natürlich zurück in die Zukunft und landet nicht in Berlin, wie anzunehmen erlaubt wäre, sondern in einer Wohngemeinschaft mit Jack in Bad Kreuznach - oder so. Ich wäre womöglich kein schriftstellernder Philosoph, sondern so etwas wie der Putzmann für Jacks Eskapaden - Jack war nämlich nie sehr fürs Auf-

räumen. Ich wäre durch einen, durch mein früheres/älteres Alter Ego verursachten, Willensakt Jacks ein Freund geblieben, ein Freund zweiter Klasse. Und das nur, weil ich die Zeitebenen mit meiner temporalen wie einfältigen Unternehmung verschoben hätte.

An dieser Stelle ergibt sich jedoch ein altbekanntes, unentwirrbares, gedankliches Problem. Wenn ich in Bad Kreuznach mit Jack wie Matthau/Lemmon eine Männerwirtschaft betreiben würde, wäre ich nie in die Vergangenheit gewandert und hätte nicht die entsprechenden Ereignisse, die gerade zu Bad Kreuznach führen werden, ausgelöst. Also lande ich als Folge wieder in Berlin mit der Vorstellung, in der Zeit zurückreisen zu müssen, um Jack im Jetzt bequemer auffinden zu können. Was dann wieder zu den eben beschriebenen Kreuznach-Konsequenzen führen würde. Und so weiter und so fort. Ein verrückter und unendlicher Kreislauf des vorprogrammierten Wahnsinns. In diesem Moment nehme ich respektvollen Abstand von Zeitreisen!

Jack hält sie eh für ausgemachten Blödsinn. Sein Motto war vielmehr: Lebe im hier und jetzt, sonst wird dein zukünftiges Ich unglaublich sauer auf dein vergangenes sein. Wenn ich mich richtig erinnere, war Jack damals nichts anderes als ein geübter Erhascher von bestenfalls spontanen Glücksmomenten. Für ihn zählten die nächsten sechzig Sekunden, weiter in die Zukunft wollte er sich

niemals erlauben, zu schauen. Ein, meiner Meinung nach, problematischer Lebensansatz, insbesondere wenn ich an seine daraus resultierenden, überaus kurzen Vorbereitungszeiten für seine Klausuren denke, die ungeplant plötzlich für ihn immer, wie aus heiterem Himmel, die Semester verdunkelten. Ich muss jedoch gestehend zugeben, dass ich damals seine Lebensauffassung ein klein bisschen beneidet habe. Seine, volatil zu nennende, Plötzlichkeit, was die wichtigen, aber auch die weniger wichtigen Dinge im Leben anbelangte, war irgendwie ansteckend.
Ich dagegen wälze heute noch jede noch so kleine Angelegenheit, die zur Entscheidung ansteht, bis zu einem überaus schmerzhaften Endpunkt meiner Überlegungen und kann mich dann nicht selten nicht entscheiden und alles bleibt in einer endlos auf und ab wippenden Waage, ohne die Hoffnung auf eine Eingebung von entsprechendem Gewicht für eine der beiden Seiten.

Nofretete starrt mich weiterhin wie eine Piratenbraut an, was mir gerade wieder bewusst wird. Ich tauche aus meinem Labyrinth des intellektuellen Plauderns auf und stelle mich der musealen Wirklichkeit. Ein Gang ins Hotel ist nun wohl die offensichtlichste Option. Außerdem hatte Urania avisiert, eine Benachrichtigung hinsichtlich einer möglichen Reaktion ihres gestrigen Postings, sollte es überhaupt eine geben, dort selbst zu hinterlassen. Vermutlich checkt sie die entsprechende Seite mit den relevanten Nachrichten im Internet, wie es sich für einen neuzeitlichen Menschen gehört, alle zwei Minuten. Mir ist schleierhaft, wie sie bei diesem Beobachtungsrhythmus für das ‚www' so noch Ihrer Service-Tätigkeit nachgehen kann. Der Befriedigungsrhythmus des männlichen Geschlechts liegt schließlich nach meiner Kenntnis eher bei fünf Minuten oder sogar einer Idee länger.

Keine Nachricht von Urania, wie vorhergesehen. Ich bequeme mich auf meiner Bettstatt und denke nicht zu Unrecht an Goethes Faust. Denn Jack war stets der Ansicht, mein faustischer Dämon zu sein, weshalb ich ihn scherzhaft Mephisto rief. Spaß treibend nahmen wir uns einmal vor, den Faust I in eine modernistische Fassung humoristisch zu übertragen. In dieser ist Faust auf einem unterwürfigen Pilgerweg zum Arbeitsamt, da auf Arbeitssuche. Von seinem mehrfach untermotivierten Fallbearbeiter gefragt, was für besondere Kenntnisse er mitbringt, entgegnet Faust klassisch:

„Habe nun, ach! Philosophie,
Juristerei und Medizin,
Und leider auch Theologie!
Durchaus studiert, mit heißem Bemühn.
Da steh ich nun, ich armer Tor!

Und bin so klug als wie zuvor;[4]

In unserer Version der dramatischen Ereignisse antwortet der Beamte wenig mitfühlend mit: „Das Letzte würde ich nicht gerade unterschreiben. In meinen Augen sind Sie vielmehr völlig überqualifiziert."

Dennoch findet Faust eine Aufgabe als ungeadelter, aber untadeliger Bergarbeiter unter Tage im alt erwürdigen Ruhrpott. Wo er selbstredend bei seinen Grabungen auf Mephistopheles trifft. Später betritt auch ein bezauberndes Gretchen die Szenerie, als lederbewährte Rockerbraut von Götz Gnaden. Das weitere Geschehen ist vorstellbar, inklusive Totalschaden an der Motorradmaschinerie mit einhergehendem Personenschaden.

Wir hatten auf jeden Fall viel Freude an dieser tragisch laienhaften Bearbeitung. Zu einer angemessenen, glorreichen Bühnenaufführung hat es zu unserem großen Bedauern nicht gereicht. Dennoch gebe ich fast der Versuchung nach, diese Zusammenarbeit als eine der intensivsten Phasen einer, gemeinschaftlich zu nennenden, Aktivität in meinem Leben zu betrachten. Mehr Menschnähe war nie.

---

[4] Johann Wolfgang Goethe: Faust, Der Tragödie erster Teil, Stuttgart 1971, Seite 13

Meinen postpubertären, Licht durchfluteten Erinnerungen nachhängend, sehe ich Jack für sich dagegen als jungen Haudrauf-Enthusiasten, der sich Hände ringend gegen Windmühlen von Mühen ankämpfend bemüht, hinsichtlich meiner Person die befürchtete Arsch- zu einer beachteten und anerkennenswerten Menschwerdung zu wenden. Diese programmatische Motivation seines Verkehrs mit mir wird mir erst jetzt deutlich. Ist das dann noch Freundschaft zu nennen, fühle ich mich alsdann berechtigt, nachzufragen? Eine Antwort aus seiner Perspektive wäre an dieser Stelle wünschenswert und vielleicht auch erhaltbar, sofern ich seinen Aufenthaltsort ermitteln könnte. Ein gewisses eigenes Engagement wäre da sicher hilfreich, denke ich vermittelt und beschließe, der bisher verschleierten, aber gegebenen Sachverhaltsgestaltung aktiver als bisher auf den Grund zu gehen. Mein Interesse ist angestachelt und will in dieser Hinsicht befriedigt werden. Nur fehlt jegliche Spur seiner Präsenz, was ich als folgerichtigen Mangel wahrnehme. Mir bleibt somit keine verlässlichere Alternative als Uranias, kaum detektivisch zu nennenden, Ansatz, ihn über die Parallelwelt des Internets zu erreichen. Besser kann man Hoffnungslosigkeit kaum definieren.
Sollte dieser virtuelle Versuch unerwartet Früchte tragen, sehe ich mich jedoch und jedenfalls einem fragwürdigen Dilemma gegenüber. Ich werde dann

zwar die Gelegenheit bekommen, mich mit Jack über unsere gemeinsame, doch verflogene Vergangenheit auszutauschen, bin aber auf der anderen Seite ein, offensichtlich in der analogen Welt gefangener, gescheiteter Neandertaler, da ich mit den mir zur Verfügung stehenden Mitteln, ein Treffen mit ihm niemals hätte vereinbaren können. Die Erkenntnis, dass ich aus dieser Welt gefallen zu sein scheine, wäre die einzige logisch schmerzhafte Schlussfolgerung. Die anstehende weitere Spurensuche nach meinem alten Freund entwickelt sich urplötzlich zur Sinnsuche, was mich nicht wenig erschaudern lässt. Grundfeste stehen vor dem pompejischen Zerfall.

Um dieser erschütternden Wahrheit angemessener begegnen zu können, steige ich aus dem Bett und begebe mich in eine soldatisch aufrechte Positur. Ich hoffe zu glauben, dass der Zweifel an meinen kernigen Lebensinhalten und Grundüberzeugungen gallertartig von mir abfallen wird. Ich sollte nicht so überaus streng in meinem Denken sein, philosophiere ich. Ich sollte den Boden der Tatsachen nicht hin und her wendend verdrehen, überrede ich mich. Ich sollte mal halblang machen, bete ich. Mein Intellekt treibt und übertreibt nicht zum ersten Mal, völlig unnötig, ungeheure Stilblüten. Das macht die Fremdheit in der Fremde, bin ich mir nunmehr sicher und fühle deutlich fester den welligen und Staub fressenden Hotelzimmerteppichboden unter meinen preußisch verspannten Fußballen. Und es keimt die Erkenntnis in mir auf, dass ich den Kölner Dom nicht abtragen und als Ersatz in ein irgendein Dorf verfrachten kann. Vielmehr muss ich die angestammte Kirche im Selbigen lassen.

8

Ich halte beschließend für mich fest, dass ich heute Abend Urania in die Retsinabar, mich selbst vertretend, begleiten möchte, um morgen den Versuch zu unternehmen, Euterpe in der Weinbar ihrer Schwester erwischend zu stellen. Mir geht dabei überraschend auf, dass das wiedervereinigte Berlin augenscheinlich Gefahr läuft, von Weinbars pilzartig überschwemmt zu werden. Die, Köln abhandenkommenden Eckkneipen erleben ihre Reinkarnation als Berliner Phönixe. Und aus Kölsch werde Wein.
Mit einer Verlängerung meines selbst gewählten Exils in dieser Aufbruchstadt - überall wird heftig gebaut - bis Übermorgen, beabsichtige ich, auch meine aufgebrochenen, bisher unfertigen, einzig besuchsbedingten Baustellen abzuarbeiten. Sollte dies in dieser Zeitvorgabe nicht gelingend zu schaffen sein, werde ich den ersten Fernzug an dem besagten Übermorgen Richtung heimatliches Festland besteigen.
Mit dieser planerischen Agenda ausgestattet, fühle ich mich in der ausgeglichenen Lage, bevor Urania mich zu abendlichen Abenteuern vom Ort meiner Nächtigung holen wird, ein Kino aufzusuchen. Ich tue dies in Gedenken an unverzeihliche Filmstunden mit Jack in B-Pictures bedenklicher Qualität.

Jack kannte so etwas wie eine bevorzugte, qualitätsbezogene Auswahl, in welcher Beziehung auch immer, nicht. Er sah sich so ziemlich jede Premiere jedes in Münster herausgebrachten filmischen Machwerks an. Und manchmal tat er mir den Zwang an, mich ihm langweilend anzuschließen. Von zehn auf Zelluloid Produziertem war mit wohlmeinendem Wohlwollen höchstens eins anschaulich. Was Hollywood und Co auf den Markt wirft, ist nach meiner - natürlich - unbedeutenden Meinung, nicht einmal als Fraß geeignet. Es hat keine Substanz, keine Finesse und keinen diskreten Charme. Es gibt allerdings regellose Ausnahmen, die äußerst selten die Kinos des gemeinen Volkes erreichen und ihr Dasein meist auf unverkäuflichen DVD´s fristend vergeuden - wenn überhaupt.
Ich besuche im Normalfall einmal im Jahr ein Lichtspielhaus. Dies tue ich an Heiligabend, sitze in der letzten Vorstellung dieses vergötterten und ernsthaft konsumierten Tages - meistens nachmittags - und hoffe, dass die bescherende Bürgersmeute jener Vergnügung, die etwas von Berieselung an sich hat, an diesem Tag fernbleibt. Dies suche ich sicherzustellen, indem ich mehrheitlich Programmkinos beehre und nicht selten bin ich der einzige Gast einer gealterten Filmrolle eines jung gebliebenen Films.

Wissend, dass nostalgische Eingebungen meine Schritte leiten, betrete ich ein Etablissement des - früheren vierundzwanzig Bilder pro Sekunde, heute eher digitalen - Vergnügens am Potsdamer Platz. Ein schlangenhaftes Gebilde aus zahlreichen Einzelgliedern hat sich vor den Kassen bildend festgesetzt. Ich hatte vergessend ausgeblendet, dass Festspiele stattfinden. Aber heute verleugne ich meinen Anteil an einem Stadtneurotiker und nehme ein Bad in der unerwartet zivil wartenden Menge.
Der Vorführsaal ist unangenehm gut, eigentlich vollständig besetzt und ich erwehre mich links- und rechtsseitiger Armgelenke, die drohen, in meinen persönlichen Bereich des käuflich gemieteten Kinosessels einzudringen. Ich bin in einem asiatischen, Melodram vorgaukelnden und möglichen Festspielgewinner gelandet und widerstehe nach fünfzehn Minuten des untertitelten Hauptfilms (nennt man den noch so, oder sind die Werbefilmeinblendungen inzwischen die Hauptsache beim Kinobesuch?) nur noch mit schwachem Mut der Versuchung des gepflegten Filmschlafes. Doch das Dösen bleibt oberflächlich und die fremdartige Sprache der Leinwandproduktion erreicht über Gewandungen des Ohrs Teilbereiche meines Gehirns. In gewisser Weise knipsen sie eine kleine Funzel in jener dunklen, verschlafenen Kammer an, wo Mediziner den Verstand vermuten. Unerwartet, halbbewusst und ungewollt ziehen Schatten, Pla-

tons Höhlengleichnis imitierend, auf. Sie sind unscharf und dennoch einnehmend, gewinnend. Ein verschollen geglaubtes Erlebnis mit Jack betritt die Leinwand meines geistigen Auges und macht sich breit im Breitwandformat.

Nach seinem leidlich erfolgreichen Abschluss des Grundstudiums vermeinte Jack, ein Fass aufmachen zu müssen. Es war für ihn selbstverständlich, dass meine Person zu dieser glorreichen Gelegenheit den sinnbildlichen Fassträger geben sollte. Dies beinhaltete für mich nicht nur die Aufgabe, Jack beim verzweifelten Volllaufen zuzusehen, sondern auch die nachgerade Pflicht, wie er meinte, ihn zu einem Uhrhändler seines luxuriösen Vertrauens zu begleiten. Das zukünftig Erfolg versprechende Ende seiner ersten zwei Jahre an der Universität wollte sich Jack mit einer angeberischen Nobeluhr vergolden.
„Das bin ich mir wert“, sagte er, stolz auf sich selbst zeigend.
Ich sollte ihm bei einer derart fundamental erscheinenden Entscheidung beratend zur Seite stehen. Schließlich, so erklärte er ausführlich, ist ein solch schwerwiegender Erwerb eine Beschließung fürs Leben. Denn den restlichen Lebensweg gilt es ab Kaufpreisbegleichung zusammen zu gehen.
„Meine Rolex und ich, das ist so als würde ich sagen, meine Frau und ich. Beides wählt man mit

genauester Sorgfalt aus und von beidem trennt man sich nur in außergewöhnlichen Umständen. Außerdem kann ich die Uhr an meine Kinder vererben. Das geht bei meiner Ehefrau eher nicht", ironisierte er genüsslich.
Ich erwiderte nur Martini-trocken, dass ich ihm bei seinem Chronographen gerne behilflich zum Handgelenk gehen würde, dass ich für eine Gattinnenschnitzeljagd jedoch nicht zur Verfügung stände. Das nahm er hin.
Wir suchten edle Geschäfträume unter den Arkaden auf, während ich noch inständig erwog, ob Jack heimlich in der Lotterie gewonnen hätte. Schließlich konnte ich mir vorstellen, dass die ihm vorschwebenden Zeitmesser nicht aus der BAföG-Portokasse bezahlt werden konnten. Ich betete um den Beistand der Kreditwürdigkeit, sofern Jack beschlossen hatte, auf Pump zu kaufen.
Als erstes irritierte mich die Tatsache, dass, obwohl wir ja einen Konsumgegenstand gegen Bezahlung erwerben wollten, Einlass nicht ohne weiteres möglich war (es kommt heutzutage vermutlich einer Gunsterweisung nahe, wenn jemand sich freundlicherweise herablässt, sich etwas abkaufen zu lassen). Der freie Zugang erwehrte sich einer sogenannten Sicherheitsschleuse. Einmal klingen und die erste Tür bequemte sich majestätisch aufzuschwingen. Wir landeten vor einer zweiten abgesperrten Tür, während sich die erste wieder schloss.

Eingepfercht zwischen der Welt der Armen und der Welt der sich reich Fühlenden, hätten wir unseren, vielleicht nun spontan anderslautenden Entschluss, das Geschäft unverrichteter Dinge, auf dem schnellsten Wege wieder zu verlassen, nicht in die beherzte Tat umsetzen können. Wir waren nun Gefangene von Jacks Kaufentschluss. Bis die zweite Pforte sich vor uns auftat und wir den Tempel des eigentlich überflüssigen Überflusses betreten durften.
Eine freundlich wie skeptisch dreinschauende Dame nahm uns in höfliche Sicherheitsverwahrung, bevor wir uns etwa unkontrolliert hätten umschauen können. Wir wurden in Sessel ähnliche Gebilde komplimentiert und es wurde uns relativ unvermittelt versichert, dass ein Glas Wasser für jeden zum Service gehören würde. Jack erbat sich stattdessen ein Glas Champagner, was angesichts unseres Studentenoutfits wohl etwas zu weit ging. Man einigte sich auf zwei Tassen Capuccino.
Der ließ auf sich warten und die voranschreitende Zeit in diesem Zeitkaufhaus wurde nutzbringend schon einmal genutzt, um Jacks Anliegen definitorisch zum Ausdruck zu bringen. Ich hörte fasziniert, wie Jack behauptete, überraschend zu etwas Geld gekommen zu sein. Es stamme von seinem Großvater und der hätte sich ganz sicher gewünscht, als dass Jack von dem kleinen Vermögen quasi eine Gedenkuhr an den Opa kaufen sollte.

Unsere geschäftstüchtige, beratende Verkäuferin stimmte vollumfänglich Jacks Absichten zu und fragte nach bevorzugten Marken, von denen sich Jack Exponate wollte zeigen lassen. Ich erinnere mich an meinen blasser werdenden Teint.
Alsbald war unser begrenzendes Blickfeld ausgefüllt mit Sportivem, Marke Breitling, potenter Eleganz von IWC oder Glashütte und protziger Klassik des Herstellers Rolex. Jack befestigte jedes Edelteil umständlich an seinem Handgelenk, nicht ohne sich den Schließmechanismus des Armbandes jeder einzelnen Uhr - bei jeder eine Geheimwissenschaft für sich - im Detail erklären zu lassen, was schon eine gefühlte Ewigkeit in Anspruch nahm (das war auch ohne uhrtechnische Unterstützung zu erfühlen). Dann diskutierte man die jeweiligen Funktionen der Manufakturgeniestreiche, von diversen Start/Stopp-Funktionen, über Mondphasen und Gangreserven bis zu Schleppzeigern und blitzender Sekunde. Ich verstand nicht einmal die Hälfte. Unser Kaffee immerhin war inzwischen in dickwandiger Tasse erschienen. Nebenbei verwickelte Jack unsere reizende Servicedame in einen halbphilosophischen Disput über das Phänomen der vergehenden Zeit. Das Gespräch verlief nach meinem Gedächtnis in etwa so:
„Warum versucht, Ihrer Meinung nach, der Mensch die Zeit so exakt wie möglich zu messen?“, fragte Jack ganz harmlos.

Nach einem kurzen belächelten Zögern erwiderte unsere Verkäuferin so ungezwungen wie möglich: „Wir müssen halt wissen, wann wir aufstehen, zur Arbeit gehen oder zum Mittagessen aufbrechen sollten. Unsere alltäglichen Aktivitäten in der Gesellschaft sind in Zeiteinheiten eingeteilt und die müssen ausgemessen werden. Stellen Sie sich vor, Sie gehen zum Bahnhof und der angekündigte Zug, den Sie nehmen möchten, fährt nicht zur angegebenen Stunde. Das wäre doch arg ärgerlich. Im Übrigen tragen Männer Uhren natürlich nicht nur um zu wissen, wie spät es ist, sondern sie sind in der Tat die einzigen Accessoires, die ein Mann als geeigneten Schmuck tragen kann. Die Rolex steht Ihnen übrigens hervorragend, wenn ich das mal sagen darf."

Diese Uhrhandel gemäße Antwort befriedigte Jack selbstredend keinesfalls. Er setzte, seiner Art gerecht, nach: „Verstehe. Ich glaube allerdings, hinter der aufwendigen Produktion dieser technischen Wunderwerke steckt etwas mehr, tiefer Verborgenes. Der Mensch versucht die Zeit irgendwie einzufangen, beherrschbar zu machen. Ich möchte so weit gehen und behaupten, der Mensch ist in allem bemüht, die Zeit zu negieren, schließlich treibt sie ihn ja dem Tode entgegen. Unaufhaltsam, wie ich betonen möchte. Um diese Angst zu kontrollieren, baut er Instrumente, bei denen die Zeit im Kreis verläuft und die Zeiger immer wieder am Anfang

(00:00) ankommen, um beginnend von Neuem ihre Runde zu drehen. Wir möchten nämlich gar nicht, dass die Zeit vergeht. Sie soll für uns stillstehen in der Ewigkeit. Schließlich wollen wir ja ewig leben. Was sagen Sie dazu?“
Ich war blass erstaunt über die Tiefe dieses Gedankenganges, der von meinem Freund hier ausgebreitet wurde. Womöglich hatten unsere, mir beiläufig erscheinenden Gespräche der Vergangenheit doch etwas Positives in seinem Gehirnlabyrinth bewirkt.
Unsere Präsentatorin wirkte kein bisschen irritiert und antwortete nonchalant: „Besser hätte ich es auch nicht ausdrücken können.“
Jack grinste breitmaulig und gab, typisch für seinen anarchischen Charakter, zurück: „Es gibt natürlich noch eine andere Erklärung dafür, warum solche Chronographen hergestellt werden.“ Er holte tiefatmig Luft und erklärte freudig: „Man kann sie einfach ultra teurer verkaufen und die Gewinnspanne ist auch nicht zu verachten.“
Die Verkäuferin schluckte, lächelte sodann aber einfühlsam, Jacks Fachwissen anerkennend und meinte erläuternd: „Ja, Sie haben Recht. Solche Meisterwerke der wahren Uhrmacherkunst haben natürlich ihren Preis. Aber, wie Sie sicher wissen, steckt unglaublich viel Handarbeit in diesen Präzisionsapparaten. Und sie werden nur in geringen Stückzahlen hergestellt. Einzigartiges ist in unserer Welt rar geworden und deshalb sind solche Dinge

nicht für Jedermann erwerbbar. Auf die IWC kann ich Ihnen aber sicher fünf Prozent Rabatt geben. Oder welches der Stücke hier vor Ihnen sagt Ihnen am meisten zu?“
Jack begutachtete jede Armbanduhr noch einmal von allen ansehbaren Seiten, wendete sie in der Hand, legte sie auf sein Handgelenk und begründete dann ganz professionell seine Wahl: „Ehrlich gesagt, ich kann mich nicht so recht für eine der Uhren entscheiden.“
Kunstpause!
„Aber verraten Sie mir doch bitte die Kaffeesorte, die Sie für Ihren Capuccino verwenden. Der war wirklich erstklassig und ich möchte mir gerne davon ein paar Pfund hinlegen.“
Ich brauche nicht explizit zu erwähnen, dass unser Abgang durch die Sicherheitsschleuse dieses überaus luxuriösen Geschäfts von bösen Blicken der reizenden Dame, schamhaften Panikzuständen meinerseits und schwerlich unterdrücktem, schalkhaftem Grunzen Jacks (Groucho grüßte ganz kokett) begleitet wurden.

Ich verlasse den, heutzutage nicht mehr berechtigterweise so zu nennenden, Kinopalast und fühle mich weniger durch den gezeigten Film als durch die erinnerte Episode mit Jack amüsiert. Ich mag nun zugeben, dass die, Wildkatzen gleich, uns zuweilen anfallende Erinnerung einen spirituellen

Raum in uns einnimmt, den eine spezielle Mystik umgibt. Sie ist anmutig und hat wenig mit Frömmelei zu tun, so meine Vermutung. Und dies offenbar unabhängig von der Banalität mancher Gedächtniserzeugnisse. Vielmehr füllt sie mein Dasein in Teilen stärker aus, als ich veranlasst war zu glauben. Sie fühlt sich sehr reell an und initiiert, entgegen meiner bisherigen Auffassung, etwas durchaus lebendig Fassbares. Ich beginne zu begreifen, wie Menschen nur in der Erinnerung leben können und dies für ihre singuläre Wahrheit halten. Doch sollte die Erinnerung nur eine klar umgrenzte Teilsphäre in dem Wesen einer Person ausmachen. Die Ausgewogenheit zwischen auf die Vergangenheit gerichteten Gedanken und der Beschäftigung mit dem gegenwärtigen Jetzt definiert, wie glücklich ein Mensch in seinem Leben werden kann.
Ich beschließe, diese Überlegungen in meinem Hotel auf ein Blatt Papier schreibend zu übertragen, um sie später in eine ausgearbeitete Theorie des Erinnerns zu übertragen.[5]

Es ist schon dabei zu dunkeln, als ich meine Gehbewegungen in Richtung Grand Hotel lenke. Als ich gedankenvoll um eine Neubauecke biege, deren Straßenbeleuchtung schon dem kurzen Zahn der Zeit zum Opfer fiel, sieht mein Bauch sich unver-

---

[5] Geplanter Titel des Essays: Ich erinnere mich, also war die Welt

mittelt einer angerosteten Klinge gegenüber und einem schnell gezischten: „Deine Brieftasche, aber pronto!“
Mein Verstand weigert sich augenscheinlich, die brenzliche Situation zu begreifen und lässt mich diese Attacke auf mein Brieftaschengeld beantworten mit der unsinnigen Einlassung: „Ich möchte die Behauptung aufstellen, guter Mann, dass Sie Ihre scharfen Messer in der Spülmaschine reinigen. Sie sind sich vermutlich nicht gewahr, dass davon die Roststellen an der Klinge herrühren.“ Ich deute mit meinem rechten Zeigefinger auf die Rostflecke und fahre fort zu brabbeln: „Sie sollten diese guten Stücke immer von Hand waschen und dann sofort abtrocknend polieren. Sie erhalten dadurch eine viel ausdauernde Lebensdauer ihrer Arbeitsgeräte.“
„Bist Du völlig durchgeknallt!“ ist die brutale Entgegnung meines, auf meine Person bezogenen Räubers. Außerdem setzt er hinzu: „Her mit deinem Geld, sonst steche ich Dich ab und der Rost frisst sich durch Deine Eingeweide.“
„Verzeihung mein Herr“, entschuldige ich mich, irgendwie nicht recht anwesend: „Aber ich möchte Sie höflichst auf zwei Sachverhalte dringend aufmerksam machen. Erstens wüsste ich nicht, dass wir uns gegenseitig das Du angeboten hätten. Der Ort und die Umstände unseres ersten Zusammentreffens scheinen mir dafür auch eher ungeeignet. Wenn Sie es dennoch wünschen, können wir dieses

Versäumnis aber gerne an einem anderen Ort und einer anderen Zeit nachholen. Zweitens muss ich betonend ausführen, dass das Wesen des Geldes der Schein ist[6] und somit, wie es der Schein an sich so auf sich hat, letztlich frei von Werthaltigkeit. Wenn Sie also durch ihre momentane, offenkundig an die Rappszene angelehnte Performance, die Erlangung von Reichtümern im Sinn haben, ist ihre Forderung an mich eher wertlos. Sie hätten verlangen müssen: Gib mir alles Gold und Silber, dass Du bei Dir trägst. Das ergäbe Sinn, sofern meine Annahme korrekt ist, dass Sie tatsächlich Werthaltiges in Ihre behandschuhten Finger bekommen möchten. Ich bin dann allerdings gezwungen, Sie freundlichst darauf hinzuweisen, dass ich keinerlei Edelmetalle bei mir trage und daher ganz offensichtlich der falsche Ansprechpartner für Ihre Unternehmung sein muss."

Mein Kapuzenmann muss mit leidlichem Bluthochdruck zu kämpfen haben, denn seine Gesichtszüge verfärben sich spontan in ein knalliges, burgunderrot nahekommendes Farbenspiel. Dann schüttelt er unmissverständlich den Kopf und verschwindet so plötzlich wie er aufgetaucht ist hinter der von mir eben umbogenen Ecke.

Angesichts meines, Situation ungeeigneten und daher eindeutig vertrottelten Mutes sinke ich auf

---

[6] Siehe Geld<u>schein</u>

die Knie und besprenkele den Bürgersteig mit dem, was mein, mir heiliges Magengefäß so herzugeben hat - hauptsächlich gelb getönte Galle.
Bestenfalls könnte ich jetzt gerade eine persönliche Schocktherapie in Anspruch nehmen. Leider ist kein entsprechender Fachmann zur Hand, wenn man ihn benötigend braucht. Aus eigener, der Empirie unterliegenden Erfahrung kann ich versichern, dass die Warteliste der sich behandeln lassen Wollenden in einer einzigen psychologischen Praxis mehr Namen aufzuzählen vermag, als die Liste sämtlicher, sich in glücklicher Behandlung befindlichen Patienten aller in einem Land existierender Praxen. Eingedenk dieses offensichtlichen, zivilisatorischen Misstandes in der Welt der Verrückten - damit sind nicht die durchaus opferbereiten Patienten gemeint - rapple ich mich im Selbstversuch, ohne fremdfachliche Unterstützung wieder auf die Beine und nehme verschämt erneut einen Anlauf, mein Berliner Domizil diesmal unbeschadet zu erreichen. Dabei bete ich leise vor mich hin: „Danke, dass du die Menschen so vollständig mit unvollkommener Dummheit ausgestattest hast."
Ein begabter Räuber hätte mich garantiert professionell abgestochen.

9

Der hoteleigene Weckdienst tut seine im Zimmerpreis enthaltende Schuldigkeit und lässt meinem nachmittäglichen Erholungsnickerchen keine Chance zur Vollendung. Wie eine Eins sitze ich aufrecht im Bett, in das ich mich begeben hatte, um den realen Alptraum von eben im metaphysischen Traum zu transzendieren, in eine Erinnerung ferner Vergangenheit.

Ist nicht gelungen. Im wachen Jetzt zittere ich wie ein großflächig geschorener Pudel. Gegen diese Daseinsform ankämpfend sorge ich für ein ausgehfrisches Selbst, denn Urania wird mich in Bälde durch den Portier wissen lassen, dass sie zum Zwecke eines weiteren geschäftlichen Treffens mit mir in der Lobby wartend verharrt. Ich bin auch hinsichtlich der möglichen Abendgestaltung, mit der zugegeben geringen Wahrscheinlichkeit, Jack wiederzusehen, nicht unbedeutend aufgeregt. Mein innerstes Nervenkostüm hat sich in Fetzen erhängt und lässt mich keinen klaren Gedanken fassen. Dieser Berlintrip gleicht der forschenden Erkundung des Mars, allerdings ohne schützenden Raumanzug. Ich fühle mich, obwohl nun vollständig bekleidet, nackt und meinen angstbedingenden Vorstellungen von dieser Stadt ausgeliefert. Getrieben durch die Unvermeidlichkeit des Fortschreitens der nun einmal angestoßenen Ereignisketten, will ich in der Folge den Versuch nicht unterlassen, das Nötige zu unternehmen, um den Ereignishorizont erreichend zu sichten. Ich möchte mir darüber Klarheit verschaffen, wie die, Schicht auf Schicht, sich auftürmenden Rätsel einer, nicht nur denkbaren, sondern realistischen Lösung zugeführt werden können. Dem glasklar geputzten Durchblick soll mein Streben gelten. Er muss sich dort finden lassen, wo im Moment noch metaphorische Berge von zerplatzten Insektenleichen die Sicht beschränkend eindämmen.

Urania und ich werden chauffierend zu unserem Bestimmungsort gebracht. Chauffieren ist in diesem Kontext allerdings als ein Euphemismus zu verstehen, da unser Fahrer sich dabei verhält wie Sebastian Vettel auf dem schnellsten Weg zur Pole Position. Diese Raserei durch die behausten Schluchten der Stadt veranlasst Urania zu einem taffen, daher wirkungsvollen, gleichzeitig aber fest gefroren wirkenden, schmalen Lächeln.
Bei mir dagegen verschlingen sich verkrampfende Finger, in Natur ungemäßer Weise und meine Gesichtszüge lassen die Grauen der Nacht, wie zu Halloween, deutlich erkennen.

Glücklich über die überraschend gelungene Ankunft, steige ich mit etwas zittrigen Beinen aus

dieser Rennmaschine, um meiner Begleiterin galant aus derselben zu helfen.
Urania hat vorausschauend telefonisch einen Tisch der Reservierung anheimgegeben, der als letzte Bastion in der überfallartig, überfüllten Bar eine verwaiste Präsens aufweist. Bevor wir bestellen, wage ich einen ersten schweifenden Blick durch den Raum, der eigentlich nicht mehr Raum zu nennen ist, da er raumgreifend von überwiegend jungen Menschen okkupiert ist. Raum demnach für weitere Gäste nicht mehr zur Verfügung steht. Ich hoffe insgeheim, Jack in der drängenden Menge ausmachen zu können, scheitere jedoch an der schieren Anhäufung von Fleisch, Haut und Knochen, die zu einer amorphen Masse vor meinem Augen verwachsen.
Urania erweckt mich aus meiner, auf Suchmodus eingestellten, konzentrierten Erstarrung mit einem Glas Weißwein, das sie vor meiner Nase hin- und herschwenkt.
„Trink einen Schluck“, schlägt sie empfehlend vor und fügt unnötigerweise hinzu: „Du wirst es brauchen.“
Ich nehme natürlich einen kräftigen Mund voll dieses Elixiers und bin beinahe geneigt, es gleich wieder spuckend auf demselben Weg in das Glas zurückzubefördern, aus dem ich es versucht habe, zu trinken. Unwillkürlich drängt sich mir der spontane Vergleich mit dem Lecken an einer harzigen

Baumrinde auf. Der Name der Bar ist also offenkundig Programm. Uranias freundliche Ansage, dass sie mich heute zu den Getränken einladen wird, bin ich daher versucht, als Drohung zu verstehen. Ich erwidere ein unverbindliches ‚Danke' und frage, wie ich zu der Ehre komme?
Sie meint nur: „Das wirst du noch sehen."
„Du sprichst in Rätseln", sage ich daraufhin, widme mich aber mehr der Anschau der zugegenen Personen, hoffend, Jack zu erblicken, als unserer Konversation.
Die Beobachtungssituation hat sich seit eben jedoch nicht verbessert. Außerdem kann ich nicht sicher sein, dass nach den vielen, vergangenen Jahren wir uns überhaupt erkennend wiederentdecken können. Der Zahn der Zeit nagt an Hautfalten, Haarwurzeln und auch in Form von Karies am und im ganzen Körper. Wir sind nicht mehr die, die wir einmal meinten zu sein.

Mit einem Mal fühle ich mich an Moriarty erinnert und an seinen tödlichen Kampf mit Sherlock Holmes, der als ein Wetteifern intelligenter Überbegabter zu bezeichnen, keine Übertreibung ist. Das reale Ebenbild des größten Schurken aus Doyles Fantasiewelt kommt, wie es scheint, bemüht gelassen auf unseren Tisch zu und nickt, freundlich tuend in Uranias Richtung. Dann blickt er mir in die Augen und will etwas, vermutlich Unwillkomme-

nes, äußern. Ich komme ihm gleichwohl mit einer, an ein Schreien erinnernden Bemerkung zuvor: „Sie sind der Mann aus dem Cafe mit der bösartig gemeinten Ansage!“ Meine Stimmbänder schwingen in ungeahnte sopranistische Höhen: „Sie haben mich heute Morgen allen Ernstes bedroht!“
Ungeachtet meiner Aufgebrachtheit und einer instinktiv angenommen Abwehrhaltung meinerseits ihm gegenüber, greift er sich die letzte unbesetzte Sitzgelegenheit an unserem Tisch - die eigentlich für Jack vorgesehen war, wie ich erbost feststellen muss - gesellt sich ungesellig zu uns. Wutartige Emotionen durchfluten pulsierend meine Hauptschlagadern und ich will schon aufspringend entweder das Lokal verlassen, um zum Hotel, mich auspowernd, zu sprinten oder den ungebetenen Gast von seinem Sitzmöbel unsanft zu entfernen. Ich habe mich hinsichtlich dieser zwei alternativen Ausdruckformen meiner Bestürzung noch nicht entschieden, da ergreift Urania meinen Arm, sanft, aber Aufmerksamkeit einfordernd. Sie erklärt ruhig: „Ich muss dir etwas sagen. Sei bitte nicht überrascht, wenn ich dir mitteile, dass der Herr hier John heißt und gleichzeitig mein Bruder ist. Er ist, sei versichert, ein wirklich netter Kerl, auch wenn er zuweilen einige unbedachte Dinge unternimmt. Nicht wahr John?“ Der letzte Satz ist an ihren Bruder drohend gerichtet. Der sieht sich bemüßigt, nun selbst einige Worte zu seiner Rechtfertigung beizu-

tragen: „Meine Schwester hat natürlich, wie immer, Recht. Ich bin heute Morgen natürlich zu weit gegangen, als ich Sie vom Hotel verfolgt und Sie bei Ihrem Frühstück angesprochen habe. Verzeihen Sie mir bitte."

Wiewohl ich unverzeihlich ungehalten bin, bringe ich keine Silbe über meine bebenden Lippen. Also fährt John ungehindert fort: „Ich wollte Sie nicht wirklich in Angst und Schrecken versetzen. Meine Worte galten wirklich Ihrem eigenen Wohl."

„Lass mich das genauer erklären", unterbricht Urania John und erläutert im Detail, wie mir anmutet, Ungeheuerliches: „John und ich sind deshalb besorgt um dich, weil wir die Geschwister von Jack sind. Wir wissen von dem Brief, den er dir geschrieben hat und deshalb haben wir, sozusagen inkognito, Kontakt mit dir aufgenommen. Wir hätten allerdings niemals gedacht, dass du dich für einen Menschen, den du nur knappe vier oder fünf Jahre gekannt und dann für viele Jahre komplett aus den Augen verloren hast, hierhin nach Berlin begeben würdest. Das hat uns schon überrascht. Selbst Jack hat seit Ewigkeiten nicht mehr von dir gesprochen und wir hatten den Eindruck, dass er sich gar nicht mehr an dich erinnert, bis vor kurzem zumindest."

Ich finde wie ein Neugeborenes langsam zu meiner Sprache und bemerke zwei, mir ausschlaggebend erscheinende Dinge: „Entschuldige Urania, dass

deine Überrumpelung meiner Person quasi inkognito erfolgte, kann man, vermeine ich jedenfalls, in wesentlichen Teilen nicht unwidersprochen so ohne Weiteres stehen lassen." Meine humoristische Anspielung verfehlt ihre Wirkung nicht. Das Geschwisterpaar schmunzelt süffisant. „Außerdem bin ich daran interessiert, warum sich Jack wieder an unsere gemeinsame Studienzeit entsinnt hat? Das ist lange her und wir hatten uns, wie ihr richtig vermutet habt, vollumfänglich auseinandergelebt."
John antwortet für beide: „Das wird für Sie womöglich ein Schock sein. Aber Jack leidet seit geraumer Zeit an Schizophrenie. Bisher hatte er das mit seinen Medikamenten hervorragend im Griff. Aber in den letzten Monaten ist seine Erkrankung - Sie wissen, dass Schizophrenie eine schwerwiegende Krankheit ist - wieder beherrschender geworden. Die schizophrenen Zustände zeigen sich nun intensiver, ausdauernder, viel gravierender. Er rutscht immer häufiger in eine schwere Psychose nach der anderen. Im Moment sind Experten dabei, das Problem zu analysieren, um eine neue Behandlungsmethode zu finden. Aber das wird etwas Zeit in Anspruch nehmen." Er schluckt vernehmlich, bevor er fortfährt. „Wir Geschwister haben erst sehr spät von den wiedergekehrten Anfällen Jacks erfahren, er lebte bis vor kurzem in München, und konnten erst dann mit seinen Ärzten sprechen, um die Versorgung unseres Bruders besser zu organi-

sieren. Deshalb haben wir ihn auch nach Berlin, in unsere Nähe geholt."
„Und warum hat er dann diesen Brief an mich verfasst? Und mich würde auch interessieren, warum ihr mir diese Information nicht direkt - vertraulich natürlich - anvertraut habt? Zum Beispiel schon bevor ich die Reise nach Berlin bereit war, auf mich zu nehmen. Das ist an Merkwürdigkeit doch kaum zu übertreffen."
Meine stringent argumentierenden Gesprächspartner schauen sich an, bevor Urania antwortet: „Als wir von dem Brief erfuhren, hatten wir Probleme dich zu erreichen. Wir waren nicht in der Lage, eine Telfonnummer oder Adresse von dir ausfindig zu machen. Internet hast du nicht. Das hast du mir selbst gesagt und damit hast du auch keine E-Mailadresse. Jack hat uns zwar von seinem Brief berichtet, wollte aber deine Adresse nicht preisgeben. Ich frage mich allerdings, woher er sie hatte? Aber egal, alles in allem bist du wahrlich ein schwer zu erreichender Mann."
„Ich habe meine verzweifelten Gründe", erwidere ich trotzig.
„Mag sein", sagt Urania.
Sie streicht sich über das Haar und fährt fort: „Ich sprach dann mit deinem Verleger, der ja durch deine Bücher allgemein bekannt ist und erfuhr durch ihn, wann du in Berlin eintreffen würdest." Ihr anschließendes Räuspern wirkt gekünstelt.

„Das hat er dir tatsächlich gesagt?“ wundere ich mich nicht wenig. Mit diesem Whistleblower werde ich noch ein Wörtchen zu wechseln haben.
„Durchaus! Das war nicht besonders schwierig. Ich sagte ihm, dass ich von deinem Berlintrip wüsste und dich gerne für eine Lesung einladen würde. Es wäre halt nur hilfreich zu wissen, von wann bis wann du in Berlin gebucht hättest und in welchem Hotel du absteigen würdest. Dann könnte ich dir gegebenenfalls eine Information an der Rezeption des Hotels hinterlassen, mit einer entsprechenden Einladung, die du hättest bestätigen können oder auch nicht. Deine Wohnstätte oder Telefon wollte er mir nämlich nicht verraten, aber bei deinem Hotel hatte er keine Bedenken, schätze ich.“
„Er hat strenge Anweisungen von mir diesbezüglich erhalten und sollte eigentlich auch wissen, dass Angaben zu meinem jeweiligen Aufenthaltsort streng auf absolute Notfälle zu limitieren sind“, erläutere ich und fahre dann stutzig geworden fort: „Aber wir haben uns doch in der ‚Neuen Nationalgalerie‘ getroffen. Ist das etwa einem unwahrscheinlichen Zufall zuzuschreiben?“
„Nein, durchaus nicht“, widerspricht Urania. „Jack gestand mir in einer etwas ruhigeren Stunde, wo er dich treffen wolle. Ich ging an seiner Statt hin. Und gleich am ersten Tag sind wir uns glücklicherweise begegnet. Wie ich dir damals schon sagte, du gefällst mir und ich nahm dich mit mir.“

„Aber wieso denn diese ungeheure Geheimnistuerei und dieses Versteckspiel? Eine direkte Information hinsichtlich Jacks Zustandes wäre doch unbedingt angebracht gewesen."

„Erstens", erläutert Urania. „wärst du vermutlich direkt wieder abgereist und ich hatte schon Lust, etwas Zeit mit dir zu verbringen. Verzeih diese Schwäche! Zweitens wissen weder John noch ich, wie wir dir erklären sollen, wieso Jack dich hier in Berlin sehen möchte."

„Ich war entsetzt", ergänzt John, „dass Urania in Ihnen einen ihrer Kunden gesehen und Sie nicht direkt nach Köln zurückgeschickt hat. Deshalb habe ich dieses Theater im Cafe aufgeführt. Ich hatte gehofft, dass Sie unverrichteter Dinge abreisen und wir, verzeihen Sie meine Ausdrucksweise, das Problem ohne weitere Erklärungen wieder losgeworden wären."

„Welche Gründe sollen denn nun gegen ein Treffen zwischen Jack und mir sprechen? Das hätte ich gerne aufklärend gewusst", beharre ich, Johns Bemerkung geflissentlich ignorierend.

Ich bemerke, wie sich Urania bemüht um eine mühsam hervorzubringende Erläuterung: „Es dir zu sagen, das ist für uns beide nicht so einfach. Das ist nämlich gerade für einen Außenstehenden, wie du einer bist, sehr schwer zu verstehen, da es mit Jacks Krankheit zusammenhängt. Ich hatte, bevor ich von Johns dämlichen Tatendrang von heute morgen

erfuhr, aber sowieso geplant, dir die etwas verfahrene Situation heute, in dieser Bar, auseinanderzulegen. Ich habe dann John noch gebeten, dazu zu kommen, damit er sich bei dir für seinen Einschüchterungsversuch entschuldigen könne. Aber, um nicht lange um den heißen Brei zu reden, möchten wir dir geradeheraus sagen: Jack will dich töten."
„Wie bitte?" entfährt es meinem ungläubigen Mund.
„Du hast ganz richtig gehört. Jack sieht in dir, wenn er sich in diesen psychotischen Zuständen befindet, seinen Todfeind. Er trug bis vor kurzem, bis wir es bemerkten, sogar immer ein Küchenmesser bei sich. Vermutlich, um dir die Kehle durchzuschneiden."
„Wir hatten zunächst geplant, Ihnen diese grausam erscheinende Wahrheit zu ersparen", souffliert John. „Deshalb haben wir dieses kleine Drama für Sie aufgeführt. Wir waren uns völlig im Unklaren, wie Sie reagieren würden. Nicht jeder versteht, was Schizophrenie bedeuten kann. Wir wollten Sie einfach nicht in diese Sache hineinziehen und das innerhalb der Familie regeln. Vielleicht hätten wir uns später bei Ihnen gemeldet, wenn Jack wieder vernünftig medikamentös eingestellt wäre. Ich weiß es nicht."
„Jetzt verstehst du vielleicht unsere Beweggründe. Das alles ist für uns wirklich eine komplizierte An-

gelegenheit und natürlich ein wenig peinlich. Das musst du uns glauben“, sagt Urania. „Nach reiflicher Überlegung, halten wir es aber für das Beste, wenn du, als Jacks Freund, Berlin wieder verlässt, ohne zu versuchen, ihn zu sprechen. Eine Begegnung zwischen euch Beiden würde seine Psychose mit großer Wahrscheinlichkeit noch verstärken. Auch seine Ärzte sind übrigens dieser Auffassung. John und ich möchten dich somit eindringlich bitten, unverrichteter Dinge morgen in der Frühe wieder nach Köln zurückzukehren. Es ist, glaube mir, bestimmt besser so. Egal, was zwischen euch damals auch vorgefallen sein mag, sei versichert, dass sein Hass auf dich hauptsächlich mit seiner Krankheit zu tun hat.“

„Es ist vermutlich wirklich angebracht, wenn Sie den Kontakt mit Jack auch auf lange Sicht vermeiden“, insistiert Johns eingetrübtes wie sprechendes Gesicht: „Dies würde beträchtlich, wie Urania schon erwähnte, der Genesung Jacks dienen. Und selbst für Sie ist es besser, wie ich meine, wenn Sie sich von Jacks grundlegendem und kaum zu verstehendem Gemütswandel, den er schon seit Längerem durchmacht, nicht enttäuschen lassen. Sie würden ihn im Vergleich zu früher kaum wiedererkennen und den Freund in der Person, die Jack jetzt ist, schmerzlich vermissen.“

10

Ich wache zerschlagen und äußerst vereinsamt in dem Bett auf, das ich für ein paar Tage gemietet habe. Ich verließ gestern Urania und John in überstürzter Hast, da mir klar geworden war, in welch bestürzender Weise mir ihre Ausführungen Schmerz bereiteten. Mein alter Freund, ein Psycho - populär ausgedrückt. Aber das ist mir unbedenklich egal, wie ich in meinem Innersten vermeine, zu fühlen. Was mich in beklemmender Eigenart anspringt, ist die verloren gegangene Aussicht, meinen alten Freund wiederzusehen. Ich habe die Handynummer Uranias erlangen können, um sie von Zeit zu Zeit kontaktierend nach Jacks Befindlichkeit zu befragen. Aber mir ist erschreckend klar, dass dies nur ein Placebo im Vergleich zu einer echten, persönlichen wie physischen Begegnung mit meinem Freund sein kann.
Die Duschpflege ist heute wenig hilfreich, was die Frische des anzugehenden Morgens anbelangt. Mein verschattetes und greisennahes Grübeln überwiegt zu sehr, als dass ich hoffen kann, einen klaren Kopf zu bekommen. Irgendetwas arbeitet frevelhaft in meinen Eingeweiden, ohne dass der Verdauungsvorgang final beendet werden könnte. Ein Puzzleteil fehlt dem Gesamtbild, dass ich dachte, nach dem Gespräch mit Urania und John, zu

erblicken. Da pocht eine grobe Lücke unangefochten in meinen Adern. Ich komme aber nicht darauf, was mich so sehr beunruhigt.
Die Konsequenz dieser gefühlten Abwesenheit von vollständiger Erkenntnis führt mich, beinahe unbewusst, in den Frühstücksraum des Hotels und flößt mir, nach grober Schätzung meinerseits, sieben Tassen Kaffee ein.
In dem Moment, in dem mein Magen, rebellierend gegen diese respektlose Zuführung, ausschließlich flüssiger Nahrung, bourgeois knurrt, fällt es mir wie Schuppenflechte aus der krausen Stirn: „Was hat John mit Euterpe zu tun?"
Die schockierende Nachricht von dem geschwisterlichen Verhältnis zwischen ihm und Urania sowie Jacks krankhafter Verblendung ließ mich den Konflikt geladenen Streit zwischen John und meiner ehemaligen Zugbegleiterin in den Hintergrund meines Gedächtnisses verbannen. Ich hatte das große Cafe und meine gestrigen Beobachtungen schlichtweg vergessen. Aber dies ist das fehlende Puzzleteil, das letzte leere Kästen eines Kreuzworträtsels, das mich in den Zustand der unausgewogenen Aufregung versetzt. Dieses Geheimnis bedarf einer Lösung, bevor ich Berlin verlassen kann. Ein Besuch der Bar in Kreuzberg, die von Euterpes Schwester geführt wird, gebiert sich immer mehr zur unausweichlichen Pflicht. Ich hege die, durch Euterpe wohlgenährte Hoffnung, sie selbst bei die-

ser Gelegenheit anzutreffen. Mit anderen unverstellten Worten: Heute Abend habe ich schon was vor.
Aber wie die Zeit verbringend ausnutzen, bis zu der Stunde des womöglich schicksalhaften Zusammentreffens?

Ich befinde mich in einem subjektiven Zustand der permanent unnatürlichsten Struktur. Zumindest was meine Physis anbelangt. Dagegen hilft in diesem Augenblick keine Arno Schmidt Lektüre oder diversifizierte Museen-, beziehungsweise Kinobesuche. Die Beruhigung muss im diesem konkreten Fall von innen heraus, heilend erfolgen.
Ich verwandle mich also in einen Dressman erster Güterklasse, indem ich auf meinem Zimmer feierlich Business-Bundfaltenhose, weißlich gestärktes Hemd, schimmernde Manschetten, bläuliche Krawatte und ein dunkelblaues Jackett anlege. Ich werde ausgehen. Ich beabsichtige in der altneuen deutschen Hauptstadt, in Berlin Mitte, einen, in neudeutsch, Lunch in einem Sternerestaurant, mit neudeutscher Nouvelle Cuisine einzunehmen. Mit angelegtem Kampfanzug lenke ich mich meinem gewählten Ziel entgegen. Die Findung desselben gestaltet sich denkbar einfach, da dessen Pheromone lockend den betroffenen Innenstadtbereich zu einer Datenbank der edlen Küchengerüche adeln. Eintretend verneige ich mich vor der luxuriösen

wie plüschigen Dekadenz, auf einen freien Genussplatz hoffend. Dieser wird mir großherzig gewährt und ich erzittere vor den zu erwartenden Gaumenfreuden.
Ich erwähle das kleine Menü für den großen Geschäftsmann, der hier sonst, Vorteil gewährend oder nehmend, auf Spesen speist. Fünf Gänge a la bonheur sollen folgen, mit deutscher Präzision und französischer Nonchalance. Ich bin gespannt.
In den ersten zwei Gangfolgen nehme ich einen starken vegetarischen Einschlag wahr, der verwirrend vergessen lässt, dass der Mensch an sich das globalste Raubtier ist. Gleichwohl mundet das gedünstete Grünzeug ausgezeichnet.
Die dritte Speise entpuppt sich als Fisch, der, unerwartet, wild gefangen wurde und auf der Zunge schmeichelnd zergeht. Ich schnalze mit derselben, nachdem der Hauch von dieser Portion verdrückt ist und erhasche den Blick einer kürzlich eingetroffenen Dame vom Nebentisch, die mir dabei fasziniert zuschaut. Sie wünscht sich, so glaube ich zu wissen, mein Menü gegen ihre a la carte Vorspeise austauschen zu vermögen. Sie errät, was ich errate und lächelt verlegen zu mir herüber.
Ich widme mich unterdessen dem Dry Aged Beef, das länger in seiner Totenstarre gereift sein muss als eine Mumie, aber deren vermutete Zähigkeit gänzlich vermissen lässt. Das Fleisch zerfällt im Gaumen augenblicklich zu köstlichstem Staub. Und

die besagte Madame von nebenan kaut, meinem Schatten gleich, mit.
Den Grund für ihr Verhalten erfahre ich zufällig von meinem, mich bedienenden Oberkellner. Dieser echauffiert sich in meiner Gegenwart dezent, aber bestimmt über die Tatsache, dass diese „unpassend gekleidete Frau“ - zerrissene Jeans und Rolli - lediglich eine Suppe bestellt hat und sonst gar nichts.
„Ich verstehe“, sage ich: „Wer kommt schon in einen stadtbekannten Gourmettempel und ordert weniger als fünf Gänge. Es könnte allerdings damit zu tun haben, dass jemand gut Essen möchte, auch wenn er, diätetisch gesehen, nur Hunger für eine Suppe hat. Das ist natürlich in der Tat völlig abwegig.“
Meine persönliche Serviceeinheit schaut irritiert und ein ganz klein wenig pikiert weg und schenkt mir, in wohltuendes Schweigen gehüllt, Wein nach. Ich danke dem Kellner und raune ihm verschwörerisch zu, er möge doch bitte der Dame seiner Entrüstung den Fischgang auf meine Rechnung anbieten. Sie erscheine mir doch etwas mager. Verwundert über meine eigene Courage wende ich mich dem Dessert zu, das luftiger ist als ein Heliumballon und heftiger brennt als die Hindenburg. Chili ist die geheime Zutat, wie ich aus der ausliegenden Menükarte erfahre. Mit einem Glas Wasser gegen die Schärfe angehend, bemerke ich zu meiner

Überraschung, dass der Tisch neben mir verweist ist. Die Frau nebenan muss das Restaurant, von mir unbeachtet, fluchtartig verlassen haben. Ich hoffe nur meine Kompetenzen mit meiner, höflich gemeinten, Zusatzbestellung nicht überschritten zu haben. Ich wollte nur nett sein und dem Kellner gleichzeitig für seine unverschämte Anmerkung eins auswischen. Dies scheint gründlich misslungen. Mein Versuch der weltmännischen Art ist auf den Boden der provinziellen Tatsachen zurückgeworfen worden. Die Häme der Bedienung ist unübersehbar, als er mir freundlich tuend mitteilt: „Ich bedauere. Die Dame hat Ihr Angebot abgelehnt.“
Ich gedenke, in Zukunft an dieses Erlebnis zurückzudenken und entsprechende Offerten sein zu lassen.

Da letzte Glas Burgunder war durchaus zu viel des Guten und ich ermatte auf dem Weg zum Hotel zusehends. Diese Befindlichkeit hat aber den großen Vorteil, dass unentwirrbare Gedankengänge erst gar nicht aufkommen. Sie werden durch eine Nebelwand aus Alkohol ausgebremst und belasten zurzeit weder mein bewusstes noch mein unbewusstes Ich. Zumindest bin ich versucht, diesen Eindruck zu gewinnen. Das entbehrende Gefühl eines Verlustes, das seit knapp zwei Tagen bemüht ist, mich zu plagen, würde sich ansonsten als nüchterne Inkarnation meines schlechten Gewissens erweisen. Aber statt derartigen Erwägungen auf den Grund zu gehen, suche ich mein vertraut gewordenes Fremdbett auf und schlafe meinen ehrlich erworbenen Schwips aus.

11

Ich erwache ohne Mühen, da durch Weckruf, rechtzeitig genug, um mich erneut mit meiner blauen Uniform für gediegene Abendveranstaltungen und ausgewiesene Nachteulen zu verkleiden. Das entscheidende Treffen mag kurz bevorstehen und da möchte ich passend gewandet erscheinen.
Die Weinbar, deren Adresse ich dem Taxi Driver benenne, heißt Magnum-Klause und ist fahrtechnisch wohl in fünfzehn Minuten zu erreichen. Das nächtliche Berlin präsentiert sich, wie gehabt, in eiskristallener Schönheit wie einschüchternder Bedrohlichkeit. Dies insbesondere eingedenk der Tatsache, dass mein Fahrer unzweifelhaft auf Sommerreifen unterwegs ist. Ich fühle mich vom Glück geküsst, als wir vor dem Lokal vorfahren. Der gute Chauffeur hat den verlängerten Bremsweg so exakt getimt, dass ich, das Taxi verlassend, unwiderruflich gezwungen bin, in einer einzigen gleitenden Bewegung durch die Tür der Magnum-Clause fallend einzutreten.
Ich schaue mich, nachdem ich mich gesammelt habe, erst einmal um, sehe keine Euterpe, aber einen freien Tisch, wenn man denselben so nennen möchte. Er besteht nämlich, wie auch alle anderen Tische in diesem Raum, aus einem quadratisch anmutenden Würfel, vor dem kleinere Würfel als

Sitzungelegenheiten aufgebaut sind. Ich okkupiere vorerst einmal meine Würfellandschaft und entledige mich meines Wintermantels. Sitzbedingt aus der Froschperspektive beabsichtige ich, die Eingangstür observierend im Auge zu behalten. Nur der Serviererin hinter dem Tresen deute ich kurz an, dass ich etwas ordern möchte, um den hier üblichen Bestellriten und Gebräuchen gerecht zu werden. Der kurze Augenkontakt ist allerdings genügsam genug, um eine merkwürdige Assoziation Raum greifen zu lassen. Stehe ich immer noch unter dem Einfluss der mittäglichen Drogeneinnahme, namens Alkohols, spielt mir meine Wahrnehmung einen Streich oder erkenne ich in der Bedienung die Frau aus dem Gourmetrestaurant von heute Mittag? Sollte das Letztere zutreffen, fällt es mir schwer, an einen Zufall zu glauben. Nichts, was hier in dieser Stadt passiert ist, ist einem schicksalhaft zu charakterisierenden Zufall zuzuschreiben. Dessen bin ich mir sicher. Jack, an meiner Stelle, würde mit, an Sicherheit grenzender, Wahrscheinlichkeit, schimpfen: „Hier will mich einer verarschen! Aber gewaltig!“

Die Wiedererkannte bemüht sich zu mir herüber und sagt ungefragt: „Ich freue mich, Sie in meiner Weinbar begrüßen zu dürfen. Ich bin Thalia, die Schwester von Euterpe.“

Ich nicke geistesabwesend wie ein Geisteskranker, zumal mit offenem Mund. Sie aber fährt fort: „Wir

sind uns heute schon einmal begegnet und das hat auch seinen Grund. Den erkläre ich Ihnen, sobald Euterpe eintrifft. Wir haben Ihnen nämlich etwas Wichtiges zu sagen. Nur soviel, ich wollte absolut sicher gehen, dass Sie Berlin noch nicht verlassen und Euterpe und ich auf jeden Fall noch die Gelegenheit bekommen, mit Ihnen zu sprechen. Jetzt bringe ich Ihnen aber erst einmal ein Glas Wein. Ich schenke in meiner Bar nur aus Magnum-Flaschen aus, deshalb auch ihr Name. Die Weine reifen einfach besser in Eineinhalbliterflaschen, finde ich. Ich empfehle Ihnen etwas und dann können wir uns später zusammensetzten."
Thalia verlässt mich zunächst einmal, und ich für meinen Teil fühle mich nun denn an ein seichtes Lustspiel erinnert, das gleichzeitig für mich und mit mir aufgeführt wird.

Der Merlot aus dem Friaul mundet inzwischen als drittes Glas, da sehe ich Euterpe eintreten. Eine elegante Erscheinung der sportlichen Art umgibt ihre Aura. Sie erblickt mich und schlendert strahlend an meinen Quadertisch. Sie begnügt sich, anlässlich der Begrüßungszeremonie, mit drei Wangenküsschen und plaudert drauflos. So verleiht sie ihrer Freude Ausdruck, dass ich es einrichten konnte, vorbeizuschauen und dergleichen mehr. Weitere gemeine und ungemeine Gemeinplätze folgen. Es ist offensichtlich, dass sie die Zeit zu überbrücken

gedenkt bis ihre Schwester sich zu unserem Beisammensein gesellen kann. Dies geschieht aber sehr bald, nach etwa zehn Minuten. Thalia ergänzt unseren Würfel bei dieser Gelegenheit, beiläufig um ein Glas Riesling für Euterpe und ein weiters Glas Merlot für meine Wenigkeit. Dann reißt die Barbesitzerin das Wort an sich und macht ernst: „Nun wollen wir Sie nicht länger auf die Folter spannen", sagt sie nötiger Weise und fährt fort: „Euterpe und ich waren es, die Sie nach Berlin gelockt haben."
Ich hebe den bevorzugten Zeigefinger und widerspreche herzig: „Das halte ich für inkorrekt. Ein Brief meines Freundes Jack war der ausschlaggebende Anlass. Wenn ich auch gestehen müsste, dass ich erst halbherzig die Reise anzutreten bereit war."
„Mit dem Brief ist das so eine Sache", erklärt Euterpe, vorsichtig herantastend: „Den habe nämlich ich geschrieben. Ich dachte mir schon, dass Sie, nach so langer Zeit, nicht erkennen würden, ob es sich bei den verfassten Zeilen um die Handschrift Ihres Freundes handelt oder nicht. Wer kann schon behaupten, ein derart phänomenales Gedächtnis zu besitzen? Auf jeden Fall hat der kleine Trick funktioniert und Sie sind angereist. Zu allem Überfluss haben wir uns zufällig auch noch im selben Zug getroffen. So konnte ich Sie schon mal unter die Lupe nehmen."

„Unter welche Lupe“, stammle ich wie ein Pennäler und frage, ungewiss, eine Antwort zu erhalten: „Woher kennen Sie überhaupt Jack und wissen von unserer Freundschaft?“
„Das ist simpel“, reagiert Thalia: „Wir sind Jacks Schwestern.“
Schweißgebadet rinne ich von dannen und mit mir meine Denkfähigkeit. Dies bemerkend, versucht Euterpe weitere Erklärungen: „Jack hat lange Jahre überhaupt nicht von Ihnen gesprochen. Erst vor etwa eineinhalb Jahren erfuhren wir von Ihrer Existenz und Ihren gemeinsamen Eskapaden während des Studiums. Er sprach von fast nichts anderem mehr.“
„Sie müssen ihn nachhaltig beeindruckt haben“, wirft Thalia ergänzend ein.
Langsam gewinne ich die Beherrschbarkeit meiner Selbst wieder und frage, gleichwohl verwirrt, aber Klärung erwartend: „Sind Sie die einzigen Geschwister, die Jack hat.“
Euterpe gibt kichernd zurück: „Keineswegs! Da sind noch eine weitere Schwester und ein Bruder.“
„Urania und John“, gebe ich mich allwissend.
„Richtig. Sie haben sie ja wohl schon kennengelernt“, mutmaßt Thalia, richtig liegend.
„Durchaus!“ stoße ich, einer gewissen Wut nahekommend, hervor.
„Wir haben davon gehört“, flüstert Euterpe geheimnisvoll.

„Was soll ich davon halten?“ sage ich aggressiver, meine Selbstbestimmung vorsichtig wiedererlangend.
Euterpe ist gewillt zu erläutern, was gegebenenfalls nicht zu erläutern ist: „Urania und John sind tatsächlich unsere Geschwister. Wir stammen halt aus einer richtigen Großfamilie mit fünf Kindern. Wie das in großen Familienbünden so ist, sind deren Mitglieder nicht immer ein und derselben Meinung. Eigentlich gibt es sogar häufig Streit. So auch zwischen Urania und John auf der einen Seite und Thalia und mir auf der anderen Seite. Urania und John waren überhaupt nicht damit einverstanden, dass wir Ihnen schreiben wollten. Sie sind die Fraktion unserer Familie, die immer alles innerhalb des Familiekreises regeln möchte. Also haben Thalia und ich, nach reiflicher Überlegung, hinter deren Rücken gehandelt. Erst als der Brief schon zwei Tage auf der Reise war, haben wir ihnen von diesem erzählt. Ich glaube, sie waren nicht sehr erfreut, aber wir hatten halt Tatsachen geschaffen. Erst als Sie in Berlin eintrafen, wurden unsere Schwester und unser Bruder tätig, wie wir heute Morgen von ihnen selbst erfuhren. Sie haben offenbar einiges unternommen, Sie aus der Stadt regelrecht zu verjagen.“
„Ihre Handlungen könnte man so kommentieren“, bestätige ich. Meine Gesichtshaut zeigt nun leichte Anzeichen eines Furors.

„Sie haben Ihnen eine echte Räubergeschichte aufgetischt, damit Sie sich genötigt sehen, nach Köln zurückzureisen“, fährt Euterpe fort. „Und heute früh haben sie uns alles gestanden. Uranias Umgarnungsversuche, Johns Drohungen und die Geschichte von der Schizophrenie Jacks, die Ihr Leben in Gefahr bringen könne.“
„Ist an dieser Geschichte denn etwa nichts Wahres zu vermuten oder wieso waren Ihre Geschwister so um mich bemüht?“ wundere ich mich formvollendet.
„Das mit der Schizophrenie ist geflunkert“, gibt Euterpe zu: „Die traurige Wahrheit ist, dass Jack unter Alzheimer leidet. Das Stadium schreitet auch relativ schnell voran.“
Ich schlucke geräuschlos.
„Aber“, wage ich erschrocken zu bemerken: „So alt ist Jack doch noch gar nicht.“ Dann krame ich in meinem abgespeicherten Fachwissen für Medizin und fündig werdend äußere ich skeptisch: „Nach meiner Kenntnisnahme, erkranken über Fünfundsechzigjährige an Alzheimer, aber nicht schon Fünfzigjährige.“
„Das ist schon richtig“, bestätigt Thalia. „Aber es gab auch schon Menschen unter dreißig die an dieser tückischen Krankheit litten und auch früh gestorben sind.“
„Aber wieso dann dieses Theater und die Fehlinformationen von Urania und John?“, frage ich irri-

tiert. „Alzheimer ist doch wohl ähnlich tragisch zu nennen wie Schizophrenie.“

„Dem ist im Grunde nach so. Nun müssen wir aber wieder auf den Brief zu sprechen kommen, den wir Ihnen zusandten“, antwortet Euterpe. „Er hatte den Zweck, Sie in die Stadt zu locken, in der Ihr alter Freund seinen Verstand verliert. In hellen Momenten spricht Jack ständig von Ihnen und Thalia und ich haben den Eindruck gewonnen, dass er Sie unbedingt noch einmal mit wachem Bewusstsein wiedersehen möchte. Und wir wollten ihm diesen Gefallen erfüllen. Jetzt ist es heraus. Wir möchten Sie bitten, uns morgen in die Wohnung von Thalia zu begleiten, um dort ihren Freund Jack zu treffen.“

Ich schlucke erneut geräuschlos, was mich einige Mühe kostet.

„Das stellt kein eigentliches Problem dar. Aber wieso haben Ihre anderen Geschwister etwas gegen diesen durchaus nachvollziehbaren Wunsch Jacks?“, zaudere ich schließlich.

„Die beiden möchten nicht, dass Sie eins unserer Familienmitglieder so schutzlos, hinvegetierend, nicht Herr seiner selbst zu sehen bekommen. Wie gesagt, unsere Geschwister möchten dies innerhalb der Familie belassen, nichts soll nach außen an Fremde oder auch Freunde dringen. John sagt immer, das geht nur die direkten Blutsverwandten etwas an. Deshalb haben er und Urania mit ihrer Geschichte versucht, Sie auf dem schnellsten Wege

zu vertreiben.“ Dies sagt Thalia ganz ruhig, ich sehe ihr aber den Hauch Verbitterung an, der um ihren Mundwinkel spielen möchte.
„Und wie gedenken Sie, mit Ihren Geschwistern nun zu verbleiben?“, werfe ich ein.
„Sie denken, dass Sie abgereist sind“, sagt Thalia ungerührt. „Sie können also morgen früh ganz ungestört zu meiner Wohnung kommen und Jack besuchen. Genauso wie er sich das wünscht. Wir werden dann ja sehen, ob er Sie erkennt oder ob er einen eher umschatteten Tag hat. Was durchaus auch sein kann. Da möchte ich ehrlich sein.“
Ich bin ganz erschüttert von diesem Gespräch, seinen Erkenntnissen und Konsequenzen. Jack ist auf dem besten Wege, seine Persönlichkeit an der Tür des ewigen Vergessens abzugeben. Und als letzte bewusste Tat, möchte er mich, seinen eigentlich ja schon vergessenen Freund, um sich haben, sich seiner erinnern. Ich bin zutiefst gerührt und auch gedemütigt von soviel ehrlich gemeinter Zuwendung. Ich beschließe, das Wagnis einer Begegnung auf mich zu nehmen, mit all ihren Auswirkungen und lasse mir die Adresse von Thalia nennen.

Erinnern - Vergessen. Erkenntnis - Unwissen. Sprechen - Schweigen. Wahrheit - Lüge. Wortpaare dieser Art fallen mir zurzeit ständig ein.

Ich verließ die beiden Schwestern in höflicher, mir aber gebotener Eile und habe mich orientierungslos hierhin begeben. Irgendeine Rum- und Raucherbar. Irgendwelche Bars bestimmen inzwischen mein Schicksal, denke ich zynisch. Vor mir steht ein dreistufiger Rumcocktail. Die eindeutig stärkste Stufe, wie mir der, Gottfried Benn lesende, Barmann versichert. Außerdem bin ich so unfrei, mir eine Havanna aufschwatzen zu lassen. Ich ziehe wiederholt unprofessionell an ihrem inzwischen feuchten Ende und huste in meine innere Leere hinein. Ich bemühe mich zum wiederholten Male, wie mir scheint, der Frage nachzugehen, welcher der mir in den letzten Tagen vorgetragenen Geschichten ich ernstlich Glauben schenken soll. Beide Varianten lassen einen fahlen Nachgeschmack des gewissenhaften Schauderns bei mir zurück - oder ist das der Geschmack der Zigarre? Insbesondere die Aussicht, dass es Jack nicht mehr vergönnt sein könnte, sich an unser gemeinsames Erleben zu erinnern, versetzt mich in einen kafkaesken Zustand der Indifferenz. Doch dies ist es, was meine Moral am meisten fürchtet: Gleichgültigkeit. Gleichzeitig fühle ich den flüchtenden Drang einer gejagten Antilope, die in den nächsten Zug nach Köln einsteigen möchte. Mein, durch die Havannaschwaden getrübter, Blick sieht meinen Zwilling an meinem Schreibtisch, in meiner Wohnung, an meinem Manuskript arbeitend. Wunschdenken oder

Alptraum, das wage ich in diesem Augenblick, im Zustand einer unausgeglichenen Körperchemie nicht zu entscheiden.
Was zählt wirklich? Die Sicherheit der, einem ruhigen Flussstrom gleich, fließenden Alltäglichkeit? Die Geborgenheit im bekannten Daseinsumfeld des ewig gleich Laufenden? Oder die Ungewissheit einer, sich im Vergessen wiederfindenden Freundschaft, Ausgang höchst fragil, um nicht zu sagen, verzweifelt unplanbar, was die emotionalen Konsequenzen anbelangt? Was bin ich bereit, mir zuzumuten in Bezug auf diese existentiellen Fragen? Was bin ich in der Lage, zu ertragen, wenn es hart auf hart kommt? Was wiegt eine Freundschaft von vor fünfundzwanzig Jahren im Vergleich zur Stabilität der eigenen Befindlichkeit? Darf ich mein Leben aus dem Lot bringen für einen Freund? Das scheint mir die Kernfrage.
Vielleicht kann ich aber auch nicht mehr in Klarheit denken, nach diesen ungewohnten Unmengen von alkoholischen Getränken und den ungekannten Rauschzuständen mittels starken Nikotins. Nur eins scheint mir in diesem Moment deutlich und ehrlich zu sein. Ich muss mich morgen - oder ist es schon heute? - bemühen, die wahre Geschichte von Jack und mir findend zu identifizieren. Ich will hinter die ganzen, mir aufgetischten Lügen schauen und dann entscheiden, was zu tun ist.

12

Mit vibrierendem Zeigefinger drücke ich auf die verkalkte Klingel neben Thalias Nachnahmen. Ihre Wohnung liegt unweit meines Hotels, was ich, vermutlich katerbedingt, gefasst zur Kenntnis nehme. Jack und ich waren uns, seit meinem Eintreffen in Berlin, also schon so nah. Wer hätte das gedacht? Ich schlottere den schmal anmutenden Treppenaufgang hinauf, dabei stützend auf das altersschwache Geländer vertrauend. Dieses Haus, in dem sich Jack befindend aufhält, ist offenkundig dem Sanierungswahn der unberufenen Städteplaner entkommen. Es verströmt den morbid gewordenen Charme der unzulänglichen Nachkriegszeit. Eine Einsturzgefährdung ist aber dankenswert wohl auszuschließen. Ich trete in eine zweiräumige Wohnung von überfrachteter Einfachheit und treffe auf das Begrüßungskomitee, Thalia und Euterpe. Die Schwestern führen mich in den als Wohnzimmer definierten Raum. Dort hat Jack sitzend Platz genommen.

Unbewegt ist sein Körper und unbewegt ist sein leerer Blick in Richtung Fenster. Eine Wahrnehmung meiner Anwesenheit findet durch seine Person nicht statt. Aber ich betrachte meinen Freund aus alten Tagen sehr eingehend. Er ist, natürlich wie ich, älter geworden und seine einst jugendli-

chen Gesichtszüge haben umweltbedingte Falten geschlagen. In dem grünen Sessel versinkend wirkt er auf mich geschrumpft im Vergleich zu den vergangenen, glorreichen Tagen unserer Jugend. Ein kleines Hutzelmännchen, denke ich unvermittelt und bedauere diesen Eindruck gleich. Seine Gestalt ist, soweit ich das durch die ihn einhüllende, dicke Strickjacke erkennen kann, beklagenswert dürr zu nennen. Als bekäme er keine drei Mahlzeiten am Tag. Wille und Gefühl scheinen seit langem aus diesem Körper entwichen zu sein. Der Stich in meinem Herzen ist ungewöhnlich qualvoll. Ich stehe vor einer in der Erstarrung verharrenden Statue und sehe hinter der, wie bröckelnden, Fassade den Anschein eines bekannten Menschen, der sich früher einmal Jack nannte.
„Er hat heute leider einen schlechten Tag“, bemerkt Euterpe, die neben mich getreten ist, bedauernd.
„Gibt es viele dieser verlorenen Tage?“, frage ich sie, um eine Regung zu zeigen.
„Sie häufen sich etwas in letzter Zeit. Wir wissen ja, diese Erkrankung ist tückisch und unheilbar“, antwortet Euterpe.
Thalia platziert einen zweiten grünstichigen Sessel gegenüber Jacks Position und bittet mich ihn für die Dauer meines Besuchs in Besitz zu nehmen. Ich danke ihr, versinke in dem schlecht gefederten Stück und versuche, in die Seele meines Freundes in diesem sich entleerenden, organischen Gefäß zu

schauen. Etwa zehn Minuten dauert diese Erforschung des Unvermeidlichen, als mir Euterpe eine Tasse Kaffee in die erkalteten Hände reicht. In den vergangenen Minuten habe ich abgewogen, inwieweit der Zustand Jacks Folge der Alzheimer Erkrankung sein könnte oder ob es eventuell denkbar wäre, dass mein Freund unter Drogen gesetzt wurde, um eine Konversation mit mir zu unterbinden. Fast hoffe ich auf das Zweite, da diese Befindlichkeit aufhebbar erscheint. Allerdings stelle sich dann die Frage, weshalb die Schwestern dies getan haben sollten. Mir fällt kein, auch nur anzudeutender, Grund ein. Die Alternative ist schmerzhafter, da sie an Endgültigkeit nicht mehr zu überbieten ist. Und seit einer unfassbaren Ewigkeit überströmen mich Tränen des Mitleidens für Jack, aber auch für mich, den ein Gefühl der Unausgefülltheit überwältigend einhüllt. Diese hilflose Angst hat mich seit dem Tode meines Vaters nicht mehr angefallen. In diesem Augenblick erkenne ich in verstörender Klarheit, dass mir etwas, oder anders gesagt, jemand gefehlt hat. Der Vertraute, der die Unausgewogenheit in meinem Lebenskreis akzeptierte und ausgleichend kompensierte, war mir abhandengekommen. Und dies, ohne dass es den Anschein für mich gehabt hat, dass etwas Wichtiges für meine Existenzfülle verlustig gegangen ist. Der Makel meines Daseins, das erkenne ich, einem Bewegung schaffenden Urknall gleich, liegt in meiner Unkenntnis dieser Kausalzusammenhänge. Generell würde ich vermuten, dass die Abwesenheit von Freundschaften in der meisten Zeit meines bisherigen, kindlichen wie erwachsenen Lebens, als großes Manko zu bezeichnen ist. Dieses Wahrheitsempfinden springt mich reell und realistisch an, doch ich befürchte, dass es sich zu sehr verspätet hat, um noch nach seinen Konsequenzen zu existieren. Denn der wiedergefundene Freund scheint dennoch verloren. Er hat begonnen in einer eigenen Welt zu bestehen, die frei ist von Menschen oder Personen, die er kannte und liebte.

Jetzt sitze ich hier sicher schon eine Dreiviertelstunde und schweige Jack an, wie er mich anschweigt. Die Kommunikation zwischen uns Beiden war versandet und wird es bleiben. Es ist zu spät.

In dem Moment dieser bedauernswerten Gewissheit treten Euterpe und Thalia ein, die die Höflichkeit besaßen, mich bei der imaginären Zwiesprache mit Jack nicht zu stören. Ihnen folgen unerwartet Urania und John.

Nach einer eher förmlichen Begrüßung wendet Urania vor ihren Geschwistern das Wort an mich: „Du hast sicher eine Menge Fragen an uns und verstehst wahrscheinlich auch nicht unsere Beweggründe. Aber als wir erfuhren, dass du Jack heute besuchen wirst, mussten auch wir kommen. Thalia hatte uns freundlicherweise doch informiert und wir hatten uns untereinander abgestimmt, dass John und ich etwas später ebenfalls diesem Treffen beiwohnen können. Da du nun mal da bist, wollen wir alle Fakten auf den Tisch legen und dich entscheiden lassen."

„Welche Fakten meint Ihr genau?", wage ich nachzufragen. Mich überkommen diverse Visionen eines drohenden Ungemachs.

„Einige Tatsachen kennen Sie ja schon", bemerkt Euterpe und fährt fort: „Erstens: Jack ist an Alzheimer erkrankt. Zweitens: Wir vier hier sind seine Geschwister. Drittens: Wir lieben unseren kranken Bruder über Alles. Viertens: Wir sind finanziell nicht in der Lage, Jack die Pflege angedeihen zu lassen, die er verdient und die wir uns für ihn wünschen. John ist zurzeit arbeitslos. Urania ist selbstständig und verdient unregelmäßig. Thalia hat ihre Bar, deren Pacht hoch ist und einige Investitionen auf Pump erforderten. Und auch ich bin selbständig mit meiner Begabung, die im Moment ebenfalls wenig einbringt."

„Dies hat zur Konsequenz", fährt Thalia fort. „dass keiner von uns Vieren sich in der Lage sieht, Jack in seinem jetzigen Zustand adäquat, vollumfänglich und liebevoll zu versorgen. Im Übrigen fehlt uns auch definitiv der Platz, ihn in unseren kleinen Wohnungen aufzunehmen. Sie sehen ja, wie beengt

ich wohne. Das ist bei den anderen auch nicht anders."
Ich erkenne nun peinliche Berührtheit und offene Scham in den Antlitzen der Geschwister, die ich verstehend unkommentiert lasse. Gleichwohl fehlen mir noch einige Details.
„Dennoch wollen Urania und John nicht", so Thalia weiter. „dass wir Sie um das bitten, was Sie gleich hören werden. Wir haben uns darüber intensiv gestritten. Das können Sie mir glauben. Und selbst jetzt noch sind Urania und John von Euterpes und meiner Idee alles andere als begeistert. Aber sie haben zugestimmt, die Entscheidung Ihnen zu überlassen und sie, egal wie sie ausfällt, zu akzeptieren."
Nun verstehe ich auch die von mir beobachtete Szene zwischen Euterpe und John in dem Kaffee. Diese Auseinandersetzung erhält nun einen bestimmbaren Sinn. Der Nebel lichtet sich langsam.
Euterpe übernimmt von ihrer Schwester nun wieder die Gesprächsführung und erläutert: „In Jacks klaren Momenten spricht er von nichts anderem als den wunderbaren Jahren mit Ihnen auf der Universität. Dies muss eine besonders starke Erinnerung für ihn sein, da er vieles andere und auch viele andere Menschen auf immer vergessen zu haben scheint. Aber Sie tauchen in seinen Gedanken beständig auf. Dadurch haben wir nicht nur erfahren, dass eine enge Freundschaft zwischen ihm und

Ihnen bestanden hat, sondern auch, dass Sie durch eine Erbschaft recht wohlhabend sind.“

„Tut dies hier etwas zur Sache?“, frage ich, mich entrüstend.

„Es spielt eine gewisse Rolle“, entgegnet Euterpe. „Im Vordergrund sollte allerdings erst einmal natürlich die Tatsache stehen, dass Sie gut befreundet waren und vielleicht ja auch noch sind. Wenn Sie dieses bejahen, können wir weitere Schritte in Betracht ziehen. Zum Beispiel den, dass Sie eventuell die persönliche Betreuung für Ihren alten Freund übernehmen möchten.“

Die Bombe ist also zum platzen gebracht worden und Euterpe fährt fort: „Sie müssen verstehen, dass wir Jack keinesfalls in irgendeiner sterilen Einrichtung unterbringen möchten. Er ist immer noch jung und Sie geben mir sicher Recht, wenn ich sage, er hat eine individuelle Betreuung verdient. Diese können wir ihm, mit den uns zur Verfügung stehenden Mitteln nicht gewährleisten. Als Geschwister sind wir natürlich in dieser Pflicht, aber wir müssen auch realistisch bleiben.“

„Keine viel schlechtere Lösung wäre es, wenn er von einem engen Freund betreut würde“, ergänzt Thalia. „Sie sind offensichtlich eine wichtige Bezugsperson für Jack. Zudem verfügen Sie über das Geld und eine großzügige Wohnung, um Jack seine weiteren Lebensjahre so angenehm wie möglich zu gestalten. Bitte verstehen Sie uns nicht falsch. Wir

wollen hier kein Problem auf Sie abwälzen und wir würden Sie selbstverständlich im Rahmen unserer Möglichkeit unterstützen. Außerdem, wenn einer von uns zu Geld käme, könnte derjenige Sie auch wieder entlasten und Jack zu sich nehmen. Aber im Moment erscheint Euterpe und mir die beschriebene Möglichkeit als die beste. Natürlich nur, wenn Sie zustimmen. Bitte fühlen Sie sich jetzt nicht zu sehr durch uns überrumpelt. Entscheiden Sie ganz frei, nach Ihrem Gewissen. Wir wissen, dass Sie Jack lange nicht gesehen haben und nun sehr plötzlich vor diese Wahl gestellt werden. Aber vielleicht macht es Ihnen nichts aus, unseren Vorschlag einmal zu überdenken.“
Nun meint auch John, sich in die Diskussion einschalten zu müssen: „Sie sollen wissen, dass Urania und ich im Gegensatz zu Euterpe und Thalia anderer Meinung sind. Wir dürfen Sie mit einer solchen Bitte nicht belästigen. Eine Pflege bei uns Zuhause ist bestimmt keine Option. Aber zur Not lässt sich sicher auch ein gutes Pflegeheim ausfindig machen, in dem Jack ordentlich versorgt wird. Er erkennt ja jetzt schon kaum jemanden wieder. Es wird ihm wahrscheinlich gar nichts ausmachen. Sie müssen also keinesfalls Schuldgefühle haben, wenn Sie die vorgebrachte Bitte ausschlagen.“
Von dem ICE, den ich heute Morgen besser genommen hätte, fühle ich mich rachevoll überrollt und gänzlich platt gemacht. Noch nie, während

meiner, fünf Dekaden andauernden Existenz, stand ich vor einer solch existentiellen Entscheidung. Ich, der tendenziell menschenscheue Einsiedler, soll aus eigenem Entschluss Verantwortung übernehmen für einen hilfsbedürftigen Menschen, der außerstande ist, sich um sich selbst zu sorgen. Kann ich ein solches Wagnis für diesen Menschen und für mich eingehend beschließen? Ich bin im Zweifel, ob ich mich reif für eine solche Großtat erachte. Ich habe berechnende Angst, unabhängig davon, welchen Entschluss ich fasse, bestimmt etwas, so oder so, falsch zu machen.

Ich blicke in die, Erwartung ausdrückenden, Gesichter von vier Geschwistern, die selbst uneins sind, was zu tun ist, deren Körperhaltung selbst fassbare Unsicherheit und klaustrophobisches Unwohlsein an ihre Umwelt übertragen. Was tun, was tun? frage ich wortlos, heimlich mein Innerstes und finde keine Antwort.

In dieser bewegungslos erscheinenden Sekunde, die die Unendlichkeit zu atmen glaubt, dreht Jack sein Antlitz in meine Richtung, denn ich bin aufgestanden und stehe den Geschwistern Aug in Aug gegenüber. Er schaut zu mir auf, sieht nur mich an und artikuliert in wunderbarer Deutlichkeit: „Emil, wie schön, dich wiederzusehen."